U0093015

王小妮 著

致另一個世界

王小妮詩選

《中國當代詩典》第一輯　總序

朝向漢語的邊陲

楊小濱

中國當代詩的發展可以看作是朝向漢語每一處邊界的勇猛推進，而它的起源也可以追溯出頗為複雜的線索。1960年代中後期張鶴慈（北京，1943-）和陳建華（上海，1948-）等人的詩作已經在相當程度上改變了主流詩歌的修辭樣式。如果說張鶴慈還帶有浪漫主義的餘韻，陳建華的詩受到波德萊爾的啟發，可以說是當代詩中最早出現的現代主義作品，但這些作品的閱讀範圍當時只在極小的朋友圈子內，直到1990年代才廣為流傳。1970年代初的北京，出現了更具衝擊力的當代詩寫作：根子（1951-）以極端的現代主義姿態面對一個幻滅而絕望的世界，而多多（1951-）詩中對時代的觀察和體驗也遠遠超越了同時代詩人的視野，成為中國當代詩史上的靈魂人物。

對我來說，當代詩的概念，大致可以理解為對朦朧詩的銜接。朦朧詩的出現，從某種意義上可以看作官方以招安的形式收編民間詩人的一次努力。根子、多多和芒克（1951-）的寫作從來就沒有被認可為朦朧詩的經典，既然連出現在《詩刊》的可能都沒有，也就甚至未曾享受遭到批判的待遇，直到1980年代中後期才漸漸浮出地表。我們完全可以說，多多等人的文化詩學意義，是屬於後朦朧時代的。才華出眾的朦朧詩人顧城在1989年六四事件後寫出了偏離朦朧詩美學的《鬼進城》等傑作，卻不久以殺妻自盡的方式寫下了慘痛的人生詩篇。除了揮霍詩才的芒克之外，嚴力（1954-）自始至終就顯示出與朦朧詩主潮相異的機智旨趣和宇宙視野；而同為朦朧詩人的楊煉（1955-），在1980年代中期即創作了《諾日朗》這樣的經典作品，以各種組詩、長詩重新跨入傳統文化，由於從朦朧詩中率先奮勇突圍，日漸成為朦朧詩群體中成就最為卓著的詩人。同樣成功突圍的是遊移在朦朧詩邊緣的王小妮（1955-），她從1980年代後期開始以尖銳直白的詩句來書寫個人對世界的奇妙感知，成為當代女性詩人中最突出的代表。如果說在1970年代末到1980年代初，朦朧詩仍然帶有強烈的烏托邦理念與相當程度的宏大抒情風格，從1980年代中後期開始，朦朧詩人們的寫作發生了巨大的轉化。

這個轉化當然也體現在後朦朧詩人身上。翟永明（1955-）被公認為後朦朧時代湧現的最優秀的女詩人，早期作品受到自白派影響，挖掘女性意識中的黑暗真實，爾後也融入了古典傳統等多方面的因素，形成了開闊、成熟的寫作風格。在1980年代中，翟永明與鍾鳴（1953-）、柏樺（1956-）、歐陽江河（1956-）、張棗（1962-2010）被稱為「四川五君」，個個都是後朦朧時代的寫作高手。柏樺早期的詩既帶有近乎神經質的青春敏感，又不乏古典的鮮明意象，極大地開闢了漢語詩的表現力。在拓展古典詩學趣味上，張棗最初是柏樺的同行者，爾後日漸走向更極端的探索，為漢語實踐了非凡的可能性。在「四川五君」中，鍾鳴深具哲人的氣度，用史詩和寓言有力地書寫了當代歷史與現實。歐陽江河的寫作從一開始就將感性與理性出色地結合在一起，將現實歷史的關懷與悖論式的超驗視野結合在一起，抵達了恢宏與思辨的驚險高度。

後朦朧詩時代起源於1980年代中期，一群自我命名為「第三代」的詩人在四川崛起，標誌著中國當代詩進入了一個新階段。1980年代最有影響的詩歌流派，產自四川的佔了絕大多數。除了「四川五君」以外，四川還為1980年代中國詩壇貢獻了「非非」、「莽漢」、「整體主義」等詩歌群體（流派和詩刊）。如周倫佑（1952-）、楊黎（1962-）、何小竹（1963-）、吉木狼格（1963-）等在非非主義的「反文化」旗幟下各自發展了極具個性的詩風，將詩歌寫作推向更為廣闊的文化批判領域。其中楊黎日後又倡導觀念大於文字的「廢話詩」，成為當代中國先鋒詩壇的異數。而周倫佑從1980年代的解構式寫作到1990年代後的批判性紅色寫作，始終是先鋒詩歌的領頭羊，也幾乎是中國詩壇裡後現代主義的唯一倡導者。莽漢的萬夏（1962-）、胡冬（1962-）、李亞偉（1963-）、馬松（1963-）等無一不是天賦卓絕的詩歌天才，從寫作語言的意義上給當代中國詩壇提供了至為燦爛的景觀。其中萬夏與馬松醉心於詩意的生活，作品惜墨如金但以一當百；李亞偉則曾被譽為當代李白，文字瀟灑如行雲流水，在古往今來的遐想中妙筆生花，充滿了後現代的喜劇精神；胡冬1980年代末旅居國外後詩風更為逼仄險峻，為漢語詩的表達開拓出難以企及的遙遠疆域。以石光華（1958-）為首的整體主義還貢獻了才華橫溢的宋煒（1964-）及其胞兄宋渠（1963-），將古風與現代主義風尚奇妙地糅合在一起。

毫不誇張地說，川籍（包括重慶）詩人在1980年代以來的中國詩壇佔據了半壁江山。在流派之外，優秀而獨立的詩人也從來沒有停止過開拓性的寫作。1980年代中後期，廖亦武（1958-）那些囈語加咆哮的長詩是美國垮掉派在中國的政治化變種，意在書寫國族歷史的寓言。蕭開愚（1960-）從1980年代中期起就開始創立自己沉鬱而又突兀的特異風格，以罕見的奇詭與艱澀來切入社會現實，始終走在中國當代詩的最前列。顯然，蕭開愚入選為2007年《南都週刊》評選的「新詩90年十大詩人」中唯一健在的後朦朧詩人，並不是偶然的。孫文波（1956-）則是1980年代開始寫作而在1990年代成果斐然的詩人，也是1990年代中期開始普遍的敘事化潮流中最為突出的詩人之一，將社會關懷融入到一種高度個人化的觀察與書寫中。還有1990年代的唐丹鴻，代表了女性詩人內心奇異的機器、武器及疼痛的肉體；而啞石（1966-）是1990年代末以來崛起的四川詩人，以重新組合的傳統修辭給當代漢語詩帶來了跌宕起伏的特有聲音。

1980年代的上海，出現了集結在詩刊《海上》、《大陸》下發表作品的「海上詩群」，包括以孟浪（1961-）、默默（1964-）、劉漫流（1962-）、郁郁（1961-）、京不特（1965-）等為主要骨幹的較具反叛色彩的群體，和以陳東東（1961-）、王寅（1962-）、陸憶敏（1962-）等為代表的較具純詩風格的群體，從不同的方向為當代漢語詩提供了精萃的文本。幾乎同時創立的「撒嬌派」，主要成員有京不特、默默（撒嬌筆名為銹容）、孟浪（撒嬌筆名為軟髮）等，致力於透過反諷和遊戲來消解主流話語的語言實驗。無論從政治還是美學的意義上來看，孟浪的詩始終衝鋒在詩歌先鋒的最前沿，他發明了一種荒誕主義的戰鬥語調，有力地揭示了歷史喜劇的激情與狂想，在政治美學的方向上具有典範性意義。而陳東東的詩在1980年代深受超現實主義影響，到了1990年代之後則更開闊地納入了對歷史與社會的寓言式觀察，將耽美的幻想與險峻的現實嵌合在一起，鋪陳出一種新的夢境詩學。1980年代的上海還貢獻了以宋琳（1959-）等人為代表的城市詩，而宋琳在1990年代出國後更深入了內心的奇妙圖景，也始終保持著超拔的精神向度。1990年代後上海崛起的詩人中最引人注目的是復旦大學畢業後定居上海的韓博（1971-，原籍黑龍江），他近年來的詩歌寫作奇妙地嫁接了古漢語的突兀與（後）現代漢語的自由，對漢語的表現力作了令人震驚的開拓。還有行事低調但詩藝精到的女詩人丁麗英（1966-），在枯澀與奇崛之間書寫了幻覺般的日常生活。

與上海鄰近的江南（特別是蘇杭）地區也出產了諸多才子型的詩人，如1980年代就開始活躍的蘇州詩人車前子（1963-）和1990年代之後形成獨特聲音的杭州詩人潘維（1964-）。車前子從早期的清麗風格轉化為最無畏和超前的語言實驗，而潘維則以現代主義的語言方式奇妙地改換了江南式婉約，其獨特的風格在以豪放為主要特質的中國當代詩壇幾乎是獨放異彩。而以明朗清新見長的蔡天新（1963-）雖身居杭州但足跡遍布五洲四海，詩意也帶有明顯的地中海風格。影響甚廣的于堅（1954-）、韓東（1961-）和呂德安（1960-）曾都屬於1980年代以南京為中心的他們文學社，以各自的方式有力地推動了口語化與（反）抒情性的發展。

朦朧詩的最初源頭，中國最早的文學民刊《今天》雜誌，1970年代末在北京創刊，1980年代初被禁。「今天派」的主將們，幾乎都是土生土長的北京詩人。而1980年代中期以降，出自北京大學的詩人佔據了北京詩壇的主要地位。其中，1989年臥軌自盡的海子（1964-1989）可能是最為人所知的，海子的短詩尖銳、過敏，與其宏大抒情的長詩形成了鮮明對比。海子的北大同學和密友西川（1963-）則在1990年後日漸擺脫了早期的優美歌唱，躍入一種大規模反抒情的演說風格，帶來了某種大氣象。臧棣（1964-）從1990年代開始一直到新世紀不僅是北大詩歌的靈魂人物，也是中國當代詩極具創造力的頂尖詩人，推動了中國當代詩在第三代詩之後產生質的飛躍。臧棣的詩為漢語貢獻了至為精妙的陳述語式，以貌似知性的聲音扎進了感性的肺腑。出自北大的重要詩人還包括清平（1964-）、周瓚（1968-）、姜濤（1970-）、席亞兵（1971-）、胡續冬（1974-）、陳均（1974-）、王敖（1976-）等。其中姜濤的詩示範了表面的「學院派」風格能夠抵達的反諷的精微，而胡續冬的詩則富於更顯見的誇張、調笑或情色意味，二人都將1990年代以來的敘事因素推向了另一個高度。胡續冬來自重慶（自然染上了川籍的特色），時有將喜劇化的方言土語（以及時興的網路語言或亞文化語言）混入詩歌語彙。也是來自重慶的詩人蔣浩（1971-）在詩中召喚出語言的化境，將現實經驗與超現實圖景溶於一爐，標誌著當代詩所攀援的新的巔峰。同樣現居北京，來自內蒙古的秦曉宇（1974-），也是本世紀以來湧現的優秀詩人，詩作具有一種鑽石般精妙與凝練的罕見品質。原籍天津的馬驊（1972-2004）和原籍四川的馬雁（1979-2010），兩位幾乎在同齡時英年早逝的天才，恰好曾是北大在線新青年論壇的同事和好友。馬驊的晚期詩作抵達了世俗生活的純淨悠遠，在可知與不可知之間獲得了逍遙；而馬雁始終捕捉著個體對於世界的敏銳感知，並把這種感知轉化為表面上疏淡的述說。

當今活躍的「60後」和「70後」詩人還包括現居北京的藍藍（1967-）、殷龍龍（1962-）、王艾（1971-）、樹才（1965-）、成嬰（1971-）、侯馬（1967-）、周瑟瑟（1968-）、安琪（1969-）、呂約（1972-）、朵漁（1973-）、尹麗川（1973-），河南的森子（1962-）、魔頭貝貝（1973-），黑龍江的桑克（1967-），山東的孫磊（1971-）宇向（1970-）夫婦和軒轅軾軻（1971-），安徽的余怒（1966-）和陳先發（1967-），江蘇的黃梵（1963-），海南的李少君（1967-），現居美國的明迪（1963-）等。森子的詩以極為寬闊的想像跨度來觀察和創造與眾不同的現實圖景，而桑克則將世界的每一個瞬間化為自我的冷峻冥想。同為抒情詩人，女詩人藍藍通過愛與疼痛之間的撕扯來體驗精神超越，王艾則一次又一次排練了戲劇的幻景，並奔波於表演與旁觀之間，而樹才的詩從法國詩歌傳統中找到一種抒情化的抽象意味。較為獨特的是軒轅軾軻，常常通過排比的氣勢與錯位的慣性展開一種喜劇化、狂歡化的解構式語言。而這個名單似乎還可以無限延長下去。

1989年的歷史事件曾給中國詩壇帶來相當程度的衝擊。在此後的一段時期內，一大批詩人（主要是四川詩人，也有上海等地的詩人）由於政治原因而入獄或遭到各種方式的囚禁，還有一大批詩人流亡或旅居國外。1990年代的詩歌不再以青春的反叛激情為表徵，抒情性中大量融入了敘述感，邁入了更加成熟的「中年寫作」。從1980年代湧現的蕭開愚、歐陽江河、陳東東、孫文波、西川等到1990年代崛起的臧棣、森子、桑克等可以視為這一時期的代表。1990年代以來，儘管也有某些「流派」問世，但「第三代詩」時期熱衷於拉幫結夥的激情已經消退。更多的詩人致力於個體的獨立寫作，儘管無法命名或標籤，卻成就斐然。1990年代末的「知識分子寫作」與「民間寫作」的論戰雖然聲勢浩大，卻因為糾纏於眾多虛假命題而未能激發出應有的文化衝擊力。2000年以來，儘管詩人們有不同的寫作趨向，但森嚴的陣營壁壘漸漸消失。即使是「知識分子寫作」的代表詩人，其實也在很大程度上以「民間寫作」所崇尚的日常口語作為詩意言說的起點。從今天來看，1960年代出生的「60後」詩人人數最為眾多，儼然佔據了當今中國詩壇的中堅地位，而1970年代出生的「70後」詩人，如上文提到的韓博、蔣浩等，在對於漢語可能性的拓展上，也為當代詩做出了不凡的探索和貢獻。近年來，越來越多的「80後詩人」在前人開闢的道路盡頭或途徑之外另闢蹊徑，也日漸成長為當代詩壇的重要力量。

中國當代詩人的寫作將漢語不斷推向極端和極致，以各異的嗓音發出了有關現實世界與經驗主體的精彩言說，讓我們聽到了千姿萬態、錯落有致的精神獨唱。作為叢書，《中國當代詩典》力圖呈現最精萃的中國當代詩人及其作品。第一輯收入了15位最具代表性的中國當代詩人的作品，其中1950年代、1960年代和1970年代出生的詩人各佔五位。在選擇標準上，有各種具體的考慮：首先是盡量收入尚未在台灣出過詩集的詩人。當然，在這15位詩人中，也有極少數雖然出過詩集，但仍有一大批未出版的代表作可以期待產生相當影響的。在第一輯中忍痛割捨的一流詩人中，有些是因為在台灣出過詩集，已經在台灣有了一定影響力的詩人；也有些是因為寫作風格距離台灣的主流詩潮較遠，希望能在第一輯被普遍接受的基礎上日後再推出，將更加彰顯其力量。願《中國當代詩典》中傳來的特異聲音為台灣當代詩壇帶來新的快感或痛感。

目次

第一輯　月光

第二輯　荷塘十二首

第三輯　致六月的威爾士

第四輯　致另一個世界

第五輯　短詩選

第六輯｜鄉村十首

第七輯　在海島上

第八輯　在雪天去山西

第九輯 過滇桂黔記

第十輯 和爸爸說話

第十一輯 十枝水蓮

月光

2003-2011

意外

月亮意外地把它的光放下來。
溫和的海島亮出金屬的外殼
土地顯露了藏寶處。

試試落在肩上的這副鎧甲
只有寒光，沒有聲響。
在銀子的碎末裏越走越飄
這一夜我總該做點兒什麼。

凶相藉機躲得更深了
伸手就接到光
軟軟的怎麼看都不像匕首。

鷹眼

那個好久都不露面的皎白的星體
忽然洞穿了夜晚的一角。

天光下正交談的路人
嘴裏含滿快落下來的珠子。
浮淡的光澤撲動著
嚶嚶的，好像是佩著玉帶的唐朝。

我要一直留在家裏
留在人間深暗的角落。
時光太厚，冬衣又太重了
飛一樣，倒換著放簾子的手
遮擋那隻當空的鷹眼。

鹽

海正在上岸，鹽啊，攤滿了大地
風過去，一層微微的白
月光使人站不穩。

財富研出了均勻的粉末
天冷冷的，越退越遠，又鹹又澀。
那枚唯一升到高處的錢幣就要墜落了
逃亡者遍地舞著白旗。

銀子已經貶值，就像鹽已經貶值。
我站在金錢時代的背面
看著這無聲的戲怎麼收場。

它臨時出來了一下

藏在天背後的那些急切的雲
鼓譟的傢伙們
正等待黑衣獄警發布解散信號
有人就等著一步登天了。

又大又白
月亮忽然打開它冰造的探照燈
緊跟住半空裏的那一群
決不給出自由。

後來的夜晚又如一塊中國銅鏡
天空異樣的空著
死了的鏡面上，誰的臉都沒有。

深夜潛入者

是什麼人進來了。
玻璃門外的地板上明顯的白
什麼人擺了一雙大碼的白鞋子
到窗口才發現又是月圓之夜。

又來了，這個名叫十五的高個啞子
影子遮住了天下全部的響聲。
赤著腳潛進來的十五
一寸寬的身體閃身在銀櫃後面。
很難確定的這個發光的晚上
前後都是黑暗，除我和十五之外，空蕩無一物件。

天上的守財奴

滿塘的荷葉都在展開
銀錠擺滿池塘
每一枚都微微發出光亮。
素白的持寶人坐在獨自的天座
整夜整夜清點財產
寶物青青
全擺在顯眼處。

風過去，錢財也過去，有些磕碰聲
只有碎銀子還鋪散在人間。
蠅頭小利們在水皮兒上互相兌換
藉機延續這遊戲
貪婪也經常坐下來盤點。

起身關窗，相安無事
提著不過三尺的薄衫，窮人富人都該睡了。

海島亮了一下

有時候，天把海島從水裏提上來
提到某個位置
方便它湊在黯淡的月光下查看。

海島就這樣一眨眼間亮了。
走夜路的人看見了貝類棲生的石礁
倒插無數短匕首的海岸。
水的邊緣隨著魚的方向
推出銀的曲線。
我們都看清了海島，順便也看清了自己。

很快，海岸和陸地再次重合
這島嶼又被一鬆手丟進黑暗。
天厭倦了，我們消失了。

一臺戲

今晚的油漆工一下子塗白了多少樹
用空了多少油桶
漆了多少平方。

有人奉命連夜造一個純色的世界。
椰樹和垃圾箱都在路邊用勁
誰都掙不脫這身白衣裳。
這齣戲演到了這一場
沒臺詞的小角色同時聳起白粉的臉。

胭脂還多得很，足夠用一夜了。
沒有觀眾，我們都在臺上
演的同一部黑白片。

甘南的山坡

茅草正忙著結穗，大地生了新頭髮
荒野上一層層銀屑散著光亮。

回家的綿羊走過這臨時的曬銀場。
月亮過來
摸它們的脊背
逐個兒變成一條條的白
逐個兒亮亮地過山坡
晚上的山川
被爬坡的白脊梁裝扮得好看。

藏人護著煤油燈鑽出銀頂的氈帳
他朝正前方說著什麼
很久很久
直到把銀場說成了草場。

李白也沒碰見過的

月光固執地照過來。
並沒依照古例停在床前
今天，它直接來到了床上
一步不停，越過唐宋元明清五朝。

今天的月亮照得不能再深了。
我親眼看見穿了素色夏衣的故鄉落在我身上
天再把它的素衣搭到我的素衣上。
之後只有安靜
天下大白。

酸棗木椅上好像坐著人

那人一身白，直直地端坐。
扁平的發光體
銀子錯過了最後交易時間。
只有休息，在這平淡無趣的晚上。

行走中，我發現那空白裏有另外的白
麻木的時光在角落裏聳動。
摺扇暗中展開
幾百年裏坐過那椅子的各色人等
一個個緊跟著起身望我
全是一身的白。
不說話的神靈
我不敢再向你們邁出半步。

我的光偶爾落地

今晚的月亮亮得驚人
搶掠的亮，刀子出鞘的亮。
經過下陷的沙灘，我啊，灰暗又乾癟
飽滿早已升空
靈氣脫逃，站上天空的額頭。

行進在高處的意志
重又返回來覆蓋此刻的人間。
久不用的藍火柴被擦亮
海岸線偶爾閃爍
托著太平洋的疆界偶爾閃爍
我偶爾閃爍。
短暫得很。

影子和破壞力

五月的夜光穿透我
五月的冷色描出更瘦長的陰影。
天通苑石磚上
篩子般的夜行人們
正急促地踩踏另一個自己
一步步挺進，一步步毀滅。

沒有任何抵抗
天光把路人一分為二。
京郊的無名小路，月光鋪得均勻
再三踐踏也不覺得難受。

我推著我的影子走
踩著灰兔子或者白狼的皮氈
人類正在反人類。

絞刑

雲彩很多。

仰頭時想到了絞刑

蒙眼布和繩索，有縫隙的活動踏板

我仰頭，等著最後的撲通一聲

誰來動手？

心跳，腳探到向下的臺階

真不是什麼好感覺。

月亮還隱約吊在高處

超級平靜，已經死過，已經涼了。

今夜輪到哪個動手

行刑人在暗處抻他的皮手套。

黑漆漆翻捲著厚雲彩

撲通一聲。

執燈人

月光正來到這孤獨的海島。
連綿的山脈一個個亮了
一個個胖墩似的執燈人
一個接一個緩緩的傳遞
想必那燈很有些份量。

守在窗口，隔一會，忍不住看一眼
那浩浩蕩蕩的光明佇列
好像和我有關
好像我還有機會加入
好像我也急著去端端那高處的光亮。

好像還懵懵懂懂有妄想

在19樓天臺上

這豐盈的光的池塘
送我白衣裳。
今晚的月光止步在人間第19層。

城市實在太亮太眩了。
小地方的來客
獨自出門的月亮一想到進城就緊張。

幸好我在這兒攔住它。
隨我來的有糯米酒
草蒲團下鋪滿野菊花
我們盤坐，只說小酒館裏的行俠仗義
在半明半暗裏扮一會兒英雄。

烏雲密布壓到了地

月亮偶爾擠出來
月亮立著，寒光挑開眾猛獸。
雲的厚皮肉被剖落
譃，有黑有白。
從古到今，每年每月
那耀眼的復仇者佔據著制高點
在人不可接近之處依舊傷人。

鄉村裏有人走出
月被遮住，他緊跟著滅了
骨立的臉上有點青光
兩隻粗手下沉
滿滿的提的是烏雲的肉。

今夜我出門在外
深一腳淺一腳
不得不穿過眾多失血的屍體。
烏雲藏刀哦，想不害怕都不行。

去上課的路上

月亮在那麼細的同時，又那麼亮
它是怎麼做到的。
一路走一路想
直到教學樓裏電鈴尖響
83個人正等我說話。

可是，開口一下子變得艱難
能說話的我在哪兒。
也許缺一塊驚堂木
舉手試了幾次，手心空空。
忽然它就出現了
細細的帶著彎刀的弧度
冰涼的一條。
今晚就從徹骨的涼說起。

鳳梨熟了

喂，月亮，早聽說你的威力
現在，你跑到我眼前
沉靜又遼闊地照耀這片鳳梨地。

刺蝟們列隊享受月光浴
甜蜜的墓園
一片灰白。

我心驚膽戰
戰敗者竟然都活著
我聞到了鳳梨毛刺的氣味。
滿心害怕，橫穿過這骷髏密布的土地
它們鼓著，個個都熟透了
個個都等著爆出來。

凌晨蛙叫

荷塘上那亮片那手鼓那流光
蛙群爭著竄跳水面
小額頭，頂撞天。

天光出賣這些歡騰的啞嗓子
蛙在起跳，四爪在閃爍中暴露
水邊潛伏無數殺手。
失眠的晚上，彈簧糾結於水影
我睡在荷花墊上
聽著一片哀鳴。

仇恨

沒有月亮的這一夜，什麼都出來了
太白星和大熊星座
神仙和猛獸躲在暗處發抖。

一個念頭
草棚下走出蓬頭的少年。

噴水磨刀，月黑風高
拇指試過了那條光
少年起身，白晃晃的什麼也不怕。
究竟是什麼仇哦
等不及披件素白衣
等不及月光照上紅土路。

被卡住的感覺

黃的月亮
卡在爛尾樓和亂電線之間
熟透的木瓜
無論如何都被擎著，不給它落地。

那著急的黃，明豔的黃
將爛在空中
吐出魚眼般的種子。
魚群在半空中極目遠望
城市一層鱗光，人間全是皺紋
哦，不死不活好難受。

刺秦夜

一切都趕在月亮之前。

沒人發現我
松林慢慢拉下黑面具。
荊軻也許就在左右
不知道這一刻
他投下多少挎刀的影子
大地緊閉，按住勇士的心。

銀光高升，月亮蹦出來
樹脈血管條條蒼白。
快被蒙死了
幾千年的灰土，使勁拍使勁打。
沒心喊荊軻
這月夜，誰不是孤身一人。

月光白得很

月亮在深夜照出了一切的骨頭。

我呼進了青白的氣息。
人間的瑣碎皮毛
變成下墜的螢火蟲。
城市是一具死去的骨架。

沒有那個生命
配得上這樣純的夜色。
打開窗簾
天地正在眼前交接白銀
月光使我忘記我是一個人。

生命的最後一幕
在一片素色裏靜靜地彩排。
月光來到地板上
我的兩隻腳已經預先白了。

荷塘鬼月色

荷塘是漆黑的。

冬天霸佔了荷的家，存放整整一年的屍體。

哪兒插得進半絲的月色。

12月裏閒適的枯骸

演戲的小鬼們舞亂了月亮的水面。

原來的焦炭還要再披件灰燼的袍子

乾柴重新鑽進火

寒冷的晚上又黑了十倍。

月色水一樣退回天上的盤子。

那片魔沼裏的蛙

偶爾滾一下冰涼的鵝卵石

有人想招回光亮，想刺破這塘死水。

可是鬼不答應，鬼們全在起身

荷花早都滅了

到處遺棄它們骨瘦如柴的家園。

迎面飄過一張忽然很白的臉

人的微光出現在深夜和凌晨之間。

那個沙沙沙過路的

不會是心情總不寧靜的朱自清吧？

月夜裏經過的火車

1

什麼經過，是什麼，實在淒涼，實在是沉。
有個傢伙長久地在鈍物上拖鐵索
載火的車，吃的鐵，穿的鐵，想的鐵。

驚坐起來，我四處摸鐵索。

2

大地發白，月亮正在下葬
葬禮拖得無限長。

被那怪物吃進去的趕路者
漫長地忍受這冰涼的晚上一寸寸勒進肉。
大地蹦跳著迎接磨損
光亮就將耗盡，滿天轟隆隆的都是黑。

3

月亮偶然睜開它的三角眼
夜晚翻滾。
正轉彎的火車，屁股先亮了
拉滿家書的郵政車，晶晶露白骨。

據說骨頭不值錢，心情抵萬金。

4

心啊，沒什麼可喜歡的

只能喜歡夜空背後黑黝黝的深。

火車慌不擇路

用力抓緊鑲金嵌銀的土地

生怕被拋出去，生怕凌空倒墜。

蜈蚣在打滑，四腳朝天，呵呵，就在這淡月夜。

5

火車，在鬼影下挨家挨戶敲玻璃

披白斗篷的，猜火車的

一個玩伴也不放過。

誰能跳出這遊戲

拒絕和火和鐵和過往的自己扭在一起。

時日都不多了。

玻璃裏鑽出石英，石英正拼命下雪

天下就要大白，譃，火車都遠了
為什麼還要四處摸鐵索。

第二輯

荷塘十二首

2005-2010

荷塘之一

荷葉像一大堆銀錠
新的，冰涼的
豐盈的盆子擺在大地上。

夜晚的持寶人在至高處
緊盯這發光的一塊
不安地散步，砰砰有心跳。

荷塘之二

風專門掀動那些年輕的葉片
避開乾枯的腐爛的
它一再去翻攪那些驕傲的不彎曲的。

丟盔卸甲的老人
結成水面上環環相抱的蜘蛛網
植物變成了動物
動物都在冬眠
風再也掀不動它們了。

荷塘之三

荷花葉，這些圓傢伙，心態真好
從春到秋每天運動
半年了並沒見它走出多遠
什麼事業也不做，也沒見它們發慌。
渾身墜著亮片
渾身滾著的夜明珠。

忽然躍出一只1000瓦的燈泡
某條海輪拋棄的
斷了鎢絲的，廢棄的，滅了的
成了這滿塘的玩物
滿塘無用的流光。

荷塘之四

荷塘又乾又黑。
冬天霸佔了它的家
存放經年累月的屍體。
12月裏閒得沒趣兒的枯骸
瘦子和小鬼擠滿了水面。

火種正擦過冷空氣
我的粗布衣正使勁追著風。
這池塘就要起火
燒紅這冬天
辛辣。

荷塘之五

冬天的荷塘滿滿的鏽。
黏在一起的老銅錢
舊時日一樣沉
倒閉的銀行一樣重。
壓得這海島哦
輕飄飄地就快飛翹了。

滿眼的老物
看不到誰還活著
在死裏頭活著，就是這類似的蒼黃。
該飛的都飛了
我的後窗鏽死在這枯塘上。
人問：有戲嗎
人答：沒戲。

荷塘之六

這塊飛地
這弄丟了命的軀殼
它的活路早不在它的手裏。

有人整夜都在水邊轉圈
倒影被那水紋又抽緊又放開
水在玩他
而他正專注於新發現。
圍著池塘轉的一定是教授。

遠遠地看這一切
誰和誰在冬天的水邊接頭
暖和的肥胖的油綠的傻乎乎的風
也快來了吧。

荷塘之七

荷塘只有水了
今年的荷葉暴弱
整個兒的冬天只有一塘的空水。

去年還像個停屍場
今年它倒是乾淨
夜燈點亮，像20歲姑娘的眼光。
姑娘只看少年
而人間已經不再製造少年
她水汪汪地不知道該看誰了呀。

我的天，那黑布就要蒙下來
他們就要把我們消滅
我們就要溺亡。

荷塘之八

春天的荷塘突然熱鬧起來

密麻麻的蛙整夜都要跳上陸地。

遍地的活蹦亂跳

大地原來養著這麼多的精靈

黑的蛙，一跳起來一條渾身彈力的小命。

多像屎哦

生命不過一抔屎

這道理荷塘早知道。

荷塘之九

我在端詳這池水
如果跳進去該多痛苦
全部的全部只不過一米深。

誰投水都將獲救
別把死想得太容易了。
而重見天日才悲慘
污泥垃圾椰殼和絞死人的魚線
祝賀你帶著一身惡臭重新活過來了。

不敢哦，不敢求死
只求在這噴香噴香的荷塘邊
噴香地活著。
散步看花都無愧
活得渾身的稀泥流光。

荷塘之十

滿塘的水將被抽空
爛泥也要在晴日裏曬家底。

我問那水邊穿膠褲的
你要整夜整夜守著這水嗎
他說他只管守機器
我和他同時絆住了糾纏一團的電線。

機器的時代水已經不重要
荷塘更不重要
機器想做什麼就做什麼。
眼見著這個正在變成那個
各位正被抽乾，再白花花地注水
插幾撮荷花結尾。
這就是我和荷塘的寓言。

荷塘之十一

多少蟲，多少魚，多少蛙，多少蛇
全被六月的荷塘藏住了。
好像只是一潭綠水，荷花當道的世界。

水邊跑過拿魚竿的孩子
蚯蚓被魚鉤穿心
透明的孩子們被荷花下的埋伏穿心。

我從高處望著世間這沙沙作聲的角落
它隱藏得夠安穩，也夠深。

荷塘之十二

那魔沼裏的蛙
偶爾滾一下冰涼的鵝卵石
有人想招回光亮，想刺破這塘死水。
可是鬼不答應，鬼們全在起身
荷花早都滅了
到處遺棄它們骨瘦如柴的家園。

迎面飄過一張忽然很白的臉
人的微光出現在深夜和凌晨之間。
那個沙沙沙過路的
不會是心情總不安寧的朱自清吧？

第三輯

致六月的威爾士

2008

端起牛奶的孩子

那男孩端不動大瓶牛奶
正像一小塊土地不能舉起海。
但是他要試試。

用力捧著那白的液體
想把它放平在古老的木桌上
把一個聖物放在另一個聖物上。

牛奶真白，桌面是黑的
孩子有十根光亮的指頭
威爾士遍地臥著奶牛
這世上的聖物，原來你們並不都一樣。

看那男孩仰臉喝牛奶，不敢再往多了想。

一頭牛

一頭黑牛走近，想給我展示
它那一身錦緞
走得比哪朝皇帝都慢
穿過早霧的簾子
走出它的綠宮殿。

看我的時候，它只用一隻眼
另一隻眼搜尋著霧的邊緣
那兒埋伏著它的衛隊。
大約是東方的某位皇帝
穿著上好的香雲紗。

我見過這種閒適的眼神
在1000年前。

曠野間的小酒館

兩隊人馬分兩路向那兒走
沿著海的先到了，而我一路沿著田野
一路聞到糧食最初的氣味。

威爾士的白馬
還散步在傍晚的草坡上。
而人們齊整整地入座了
像一幅幅人物肖像陳列在暗紅的牆壁上
像這酒館主人的東方遠親。

喝個沒完，說個沒完
簡直是一支剛打完勝仗的軍隊
頭頂上還掛著參戰的馬鞍和馬蹄鐵。
可惜那是上世紀的遺物
可惜，總是沒有勝利。

這種晚上
滴酒未沾的人很恍惚。

我和土豆

盤子裏
只放一個土豆
我舉著它穿堂過室。

儘量走得慢
我要給一只威爾士土豆做廣告。
這是世上的好東西
生長在土地內部的糧食。

走在古老繁瑣的穹頂下面
曾經做彌撒的地方。
沒有人注意土豆的榮耀
它讓上億的人類沒被餓死。
在中國它叫洋芋
還叫山藥蛋。

陽光從高處照下來
粗麻的臉上均勻地布撒了鹽。

大西洋高過了地平線

那片水獨自升起來
眼看著升起來了。
對面是英格蘭平淡的丘陵
灰色丘陵遮擋的地方統稱世界。

大西洋傲慢地浮在天的邊際上
不顧結果持續上升
灰藍的皮膚用勁鼓出弧線。

這樣下去，英格蘭和世界
都將被名叫大西洋的動物吞沒。
我暫存在東方的一切啊。

白色燈塔

沒有見到粉刷者
他一定轉到了塔的背後。
有人一刻不停地塗它
讓這建築物除了白什麼也沒有。

所有的海上過客都看見了純潔
粉刷者還要不斷勞動。
終生重複做一件小事情。
在臨死前的那一刻
還想讓燈塔更白。

那個燈塔
走到跟前，我都不敢伸手摸它。

在詩人故居

到河邊的房子來
只是因為有人曾經在這裏寫詩。

這會兒，故居守門人趴著數硬幣
正是那詩人寫過的「醜惡的鎳幣」。
守門人想擦掉醜惡
讓那些金屬乾淨地流通。

詩人常住木盒子
無論有沒有聽眾
都在狹窄的二樓滔滔地朗誦。

誰能想到
窗外布滿沙洲的枯河會忽然漫起
很快就將天下汪洋。
希望那是念詩的奇蹟
是守門人清潔錢幣的奇蹟。

從來沒有奇蹟，我早知道。

第43號羊對我說話

第一次聽懂了另外的語言
它講的是羊群的世界語。
將在第43個被剪毛的這傢伙湊過來
用眼睛裏的花蕊看我。

它的注視忽然讓我傷心
我站在英國不會講英語
吃草的羊永遠遇不到吃土的羊。

很快，它調頭走開
帶著捲毛上寶藍色的號碼
它說我不認識你。

隱藏

無意中，在店鋪門口看手裏的英鎊
印著婦人頭像的紙
某種香水味，彈起來很清脆。

從沒想過我和人民幣有這種關係。
我要緊急處理我的錢包
把有些東西藏得更深。
人民幣忽然成了我的個人隱私
它只適合在人民之間使用。

假如有人在威爾士偷竊
也沒人會要這錢裏的血汗
又黏又厚這一疊，早被摩挲得不是錢了。

廢棄的城堡

陰沉的石頭聳立，沒了屋頂
脖頸朝著天的廢墟。
它的主人們早被一具具平抬著出去。
我一直沿著它發黑的高牆走。

新的住戶是那群烏鴉
飛進飛出盯著每個買參觀券的。
很多人都好奇
靈魂怎樣住在空的屍體裏。

大西洋在漲潮，海水倒灌
市鎮側著浮起來
灰的波浪反覆推這城堡。
人和鬼都該回家了，只有我還在威爾士。

第四輯

致另一個世界

2009-2012

致砸牆者

不知疲倦的，敲擊，敲擊，敲擊
不把我從人間挖出去不肯停手。
這是最後的救援嗎？

如果他們一直幹下去
說不定咕嗵一聲，只剩頭頂的天
一定不是京戲裏咿咿唱的那個蒼天。

讓我加入你們，創造那空空蕩蕩
用我命裏最後的力氣，加入這敲擊。
塵土覆蓋水泥的曠野
遍地立著仰望者，人人手握工具。

致屋子裏的陽光

準時侵入我的地盤
半邊桌子正接受它的照耀。
快樂的發明者，這終身教授又進來了。

發放溫黃的安慰劑
這是太陽到訪的唯一目的。
緊跟其後的，正是
這一年裏成熟的花朵果子棉桃和糧食
呼啦啦，大地豐盈熱鬧滿是光澤。
可是，誰在後面的後面
無數流汗的咳嗽的氣喘的皮膚龜裂的
不要以為看不見。

拒絕再被沐浴。
冬日在戰慄，我不配享受那光。

致雷暴之夜

斷電的晚上，萬物失聲。
躲在家裏捱過這鬼天氣，等它的把戲玩完
等它盡興後的解散。

看這場聲光電的蹂躪
雷聲一過，四壁透出多張慘白的臉。
這就是倒敘，烏鴉傳說中的前世
它的羽毛曾經純潔如玉。

在閃電的跳竄裏走動
穿過烏鴉的肚子去取一粒安眠藥
沒法兒形容這一路的黑。
用飛禽的眼珠掃一眼這狂躁的世界
膽小鬼歡騰的世界
浩浩蕩蕩
四面都是埋伏，最暗處也躲不住英雄。

致鵝毛大雪中的北京

它竟然自顧自下雪了
潔白出奇的一片大地
自顧自地裝扮自己。

即使飛臨它的頭頂也無法接近
大地關閉了。
飛翔者停在空中
繫著安全帶，成了它的護城天使。

這漫天好雪，正悶頭忙著
多少白牲靈交出皮毛，交出性命
看那土地自顧自地忙
重新造人，重新築城。

致無用的力量

現在，我走在稀薄的月光上。

我走得飛快

好像要在這光如前額的路上耗費體力

好像要把殘留一生的勁兒用光。

滿頭的月亮灰

怎麼抖擻都是沒用。

鳳凰樹紫荊樹這些蒼老的仙女

被她們一路注視著

行走如飛和原地踏步沒什麼兩樣。

甩不掉一直的沉悶

無論走得多麼快。

致陰影

懷裏掩著燈的人過去了，我不認識那人
但是我認識那無光的燈。

沒人信我，你們堅信根本沒什麼人過去
不過是心灰意冷以後的幻覺
你們說我太盼望光了。

未來剛剛過去。
未來的黑暗帶著自己的陰影。
在光芒的反面
任何時候我都能見到他
另一個世界的引領者
他本身就是暗的
他經過的地方不再有光亮。
這結果讓你們變了臉色，但是我要說出來。

致上海日食

太陽沒了。

江水忽然遲緩，水面頂著粉碎的霓虹燈罩

短暫怪異的黑暗

遍地濕淋淋的演員，一齣戲正在換場。

太陽沒了。

光不肯出來

人們沿著黃浦江鑽竄尖叫。

灰暗的上海，塗脂抹粉還是那麼灰暗

我看周圍人，臉上都沒有了血色。

鏡頭迷戀，熱鬧迷戀，科學迷戀

在灰暗裏無目的地仰望

一個人嘀嘀咕咕，一個人一座天文臺。

太陽沒了，呼喝，呼一喝

沒了。

致發出聲響的電視機

緊靠著牆的傻子
屋子裏最貌似正確的傢伙。
洪亮的一張玻璃臉
塑膠的後腦殼總在暗中加熱。

要把你請出那堵牆
我願意拿我的聽力交換
讓那托舉電視的牆現在就洞穿。
讓它去別的世界吧
老鼠大軍正等待你給予榮耀。
我要享受真聲音。

致垃圾包圍的仰韶村

鄉村在春風裏活靈活現。

渾身破洞的塑膠正在跳舞

垃圾們不分日夜地打扮村莊

黃土一遍遍觀看枯燥的歡樂頌。

彩蛇無時不狂舞

垃圾將埋掉牆頭的打穀機

乾涸的田野像瓦片，全身的鱗一翹再翹。

下身光著的孩子捧一隻粗瓷碗出現。

村口的塵土繽紛

他的小眼睛來回滾動

不知道該看什麼。

致緊跟著火車的太陽

某年某月凌晨，在火車上
窗口的光把我刺醒。
那火球太大太亮太兇猛了
蹦跳啊，緊追不捨
火車在逃亡
這塞滿人的鐵皮蛇
我們亡命天涯到了哪個省。

睜開眼的人們都在長歎。
無限的疲倦沒法兒過去
有一個人揚起黝黑的胳膊
遮擋那冒火的怪獸
嘴裏罵著：這要帳的鬼。

新的一天啊，為什麼
不來得再溫和一點。

致乾涸的河道

推單車的人走在水的遺跡上
車把上串著三條魚。
他走一走就停下來按按魚的眼睛
檢驗它們是否活著。

魚們最後拼力一跳
它們認識這河道，它們幻想著逃回水的懷抱。
活靈靈的身體拍打著泥地
像燃著了引信的手榴彈。
屍體上的屍體
夕陽長長的，給它們貼著送葬的金箔。

推車人用鐵絲重新串起三條魚
繼續走在枯腸似的河道裏。

致膽小鬼

每間屋子裏都有一個膽小鬼。
隱身任何縫隙
裝扮成灰塵，或者扮作光亮。
緊隨前後的貼身警衛
想跟近，想搗鬼
默念它那個世界的咒語。

我一個人的時候，它準會溜出來。
太陽依舊背它的白課文
它在我的陰影裏活蹦亂跳。
每跳一下都叫人緊張
每一下都冒用我的名義。

我要重造一個沒它的世界
膽小鬼，可聽清楚了。

致鄉野間的咖啡館

風在橫行

天空倒掛，罩住了甘蔗的大地。

我正被無故吹向遠方

遠方，大堆大堆的浮雲

送咖啡的原來是個輕飄的紙姑娘。

只有咖啡樹的綠腦袋還挺直著

褐色的藥丸在裏面訴苦。

大片的甘蔗抱緊大地

像仇敵布下黑森森的包圍圈。

給我最燙最濃的

我要靠它逃到遠方以外。

紅土壤攤開它百無一用的火炭

浮雲在上，神馬俯臥

我被風挾持，漫無目標地橫行而去。

致十二月沒頭沒腦的風雨

玻璃在抹眼淚
天空黑著臉
風雨掀窗掀門
它們究竟想幹什麼。

世界在我以外吐水泡
很多響聲亂紛紛地誦念遺囑。
我提醒貼緊玻璃窗的我
好戲正在眼前轉場。

石英已經開花，下一個輪到玻璃
麻玻璃也快綻放了。
十二月小姐正喊我一起拉幕布。

致開懷大笑的那個

笑吧，筷子上串著老饅頭
無底的杯子一直在等著鬼來加酒。
25年前，在陰濕的走道裏我們認識
不容回頭的走道
悲傷的人活不了這麼久。

你那食指不斷彈一根新燃的煙捲。
笑吧，火星落成了山
四周都是什麼閃爍搖晃
全是笑的緣故。

你不笑就沒有你
我不笑就不再是我
這就是本世界獨有的邏輯。

致不想和富人站在一起的大學生

你太可以拒絕。

太可以孑然獨立。

垃圾正塑造著新的山峰

你靠住一棵頂破了天的木麻黃樹。

遠處的河裏跑著泡沫

太陽渾身是勁地灼燒烘烤

又黑又紅

只款待你一個。

固執又孤單，仰著臉流汗，兩手空空

世界冷眼旁觀

樹下多落葉，月光起碎銀。

這個夏天無敵地正常

你將永遠得不到你想的

你將只和你這個額外的自己站在一起。

致力量

今夜我走的多快
在這光潔如印堂的水泥外殼上。
好像給大地演示一個人的力量
好像要把勁兒一下子耗完。

今兒晚上走的是一條新路
沒人同行
沒什麼方向
奔跑和原地踏步沒什麼區別。
倒退的鳳凰樹像發神經的仙女
滿頭耷下紅花。
天上一連鑽過三架飛機
銀箭前後追逐
小可憐蟲們，權當是我的隨手奉送。

我正遠離你們的世界
我願意為這斷然的走掉用盡力氣。

致穿過椰樹的大海鳥

忽然飛過，像白化了的精靈
罩衣簇新的小朋友。
你的身體是白的
你的陰影也是白的
你一閃而過，讓我的窗口有了光。

白將軍，或者白同學
光芒的攜帶者。
我緊閉四壁等的正是今天
這會兒我就背叛
起身加入鳥的世界。

從今後我只飛翔
跟上那渾身輕盈潔白的。

致黃昏的小鎮龍滾

街巷寂靜無人

石板翹起無數的鱗。

甘蔗們遍地豎起黑旗杆

太陽垂著頭，是烙鐵頭的深紅。

舞龍的人沒了蹤影

傳說中的龍正翻滾著追車輪。

我們的汽車像小偷一樣越過這燒紅的鎮子

滿天跑散著鮮豔的紅公雞。

我無名地害怕

怕它一路追蹤

怕身後紅通通跟上一條噴火的鬼。

致暗淡的上弦月

巡夜人提著那虛弱的燈
洩了氣的燈，被削去大半個臉的燈。
他沉重地經過
攪起大地內部的寒氣。
喂，提燈的，難道你看不見
我正不快樂？

貼著天際線行走
提一條恍惚如鬼的光影
他難道不怕那彎刀落地傷人？

為什麼不擰亮那燈
我想所有的晚上都明亮如白天。
突然他說：肅靜，我正不快樂。
哦，一切應聲復原
各閉各的嘴
各走各的路
各守各的不快樂的世界。

致有晚霞的黃昏

天空正粗心地翻烤它的食物
胡蘿蔔雲正在變紅
很小的飛機穿過火線撒出大團的鹽。
金子都撲過來打扮玻璃。
迎面過去的路人
不知道誰的背後在流血。

天糊了，就眨眼的一會兒
焦了的荊棘
歡快的心裏鑽進一條黑刺身。
現在才知道害怕
天已經變臉
夜晚的布袋子就要來蒙我的頭。

致跑得飛快的流雲

灰白的軍團淺黑的軍團
糾打著一直翻捲向東。
這是要把天也捲走的大撤退
這回就是真的了。

黑雲過來，帶走了每個人的頭髮
晾曬的衣裳輕快地上樓
那腳不沾地的隊伍
就要揭走天靈蓋了。
翠鳥在啄籠。
可是我們已經和水泥做了親
遍地的喇叭響
沒見誰還敢想入非非。
嗚呼。

致晴天

天這麼好，而我這麼不好。

迷路的雲彩
騎大灰馬的雲彩
金鑰匙一樣的飛機描著更金的邊兒。
這是哪一個人間
是你們的還是我的？
這麼奇幻的天布都敢掛出來
又為什麼非讓我看見。

在兩個世界間穿梭的是燒燙的鐵
蒼白的冰涼，就等著那尖鑽的刺啦一聲。

致感覺

你覺得你還在這世界上？
你覺得你在一個實體之中也像個實體？
你覺得害怕但還不至於被嚇死？
因為你不知道正沒被什麼握著。

你就是我，因為這世界上根本沒有你
所有的空隙都飽滿得爆出來
鼓在地裏只有捲心菜。
是什麼感覺一定要擠過來
帶刺的毛鳳梨們。
想把它研碎把它趕走
但是不行，你只能無所不在。

致颱風韋森特

1

又一個翻滾滾的深夜
萬物歡蹦亂跳，呼應這漫天的蠻力
水泥把口哨吹得淒厲。

只有人一動不動貼緊了黑暗
在打著漩的爛泥裏無聲地熬著
好像死了很久
好像這漆黑能護佑自己。

2

不知道韋森特是什麼人
也許就是某個忽然挺起身的姓韋的
正在揭走這大地的所有彩妝。

這大力水手理直氣壯地喊人
草刺們跑得渾身是勁兒。
深潛在這狂躁的暗處也許安全
可睡去比死去還難
這翻滾滾的又一個深夜。

第五輯

短詩選

1988-2010

不認識的人就不想再認識了

到今天還不認識的人
就遠遠地敬著他。
三十年中
我的朋友和敵人都足夠了。

行人一縷縷地經過
揣著簡單明白的感情。
向東向西
他們都是無辜。
我要留出我的今後。
以我的方式
專心地去愛他們。

誰也不注視我。
行人不會看一眼我的表情
望著四面八方。
他們生來
就不是單獨的一個
註定向東向西地走。

一個人掏出自己的心
扔進人群
實在太真實太幼稚。

從今以後
崇高的容器都空著。
比如我
比如我蕩來蕩去的
後一半生命。

清晨

那些整夜
蜷曲在舊草蓆上的人們
憑藉什麼悟性
睜開了兩隻泥沼一樣的眼睛。

睡的味兒還縮在屋角。
靠哪個部件的力氣
他們直立起來
準確無誤地
拿到了食物和水。

需要多麼大的智慧
他們在昨天的褲子裏
取出與他有關的一串鑰匙。
需要什麼樣的連貫力
他們上路出門
每一個交叉路口
都不能使他們迷失。

我坐在理性的清晨。
我看見在我以外

是人的河水。
沒有一個人向我問路
雖然我從沒遇到
大過拇指甲的智慧。

金屬的質地顯然太軟。
是什麼念頭支撐了他們
頭也不回地
走進太陽那傷人的灰塵。

災害和幸運
都懸在那最細的線上。
太陽，像膽囊
升起來了。

等巴士的人們

早晨的太陽
照到了巴士站。
有的人被塗上光彩。

他們突然和顏悅色。
那是多麼好的一群人呵。

光
降臨在
等巴士的人群中。
毫不留情地
把他們一分為二。
我猜想
在好人背後
黯然失色的就是壞人。

巴士很久很久不來。
燦爛的太陽不能久等。
好人和壞人
正一寸一寸地轉換。
光芒臨身的人正在糜爛變質。

剛剛猥瑣無光的地方
明媚起來了。

神
你的光這樣游移不定。
你這可憐的
站在中天的盲人。
你看見的善也是惡
惡也是善。

看到土豆

看到一筐土豆
心裏跟撞上鬼魂一樣高興。
高興成了一個
頭腦發熱的東北人。

我要緊盯著它們的五官
把發生過的事情找出來。

偏偏是
那種昂貴的感情
迎面攔截我。
偏偏是那種不敢深看的光
一層層降臨。

我身上嚴密的縫線都斷了。

想馬上停下來
把我自己整個停下來。
向煙癮大的人要一支煙
要他最後的一支煙。

沒有什麼打擊

能超過一筐土豆的打擊。

回到過去

等於憑雙腳漂流到木星。

可是今天

我偏偏會見了土豆。

我一下子踩到了

木星著了火的光環。

脆弱來得這麼快

從來沒有見過
你能有這種不可收拾的神情。

難道
所有透明的瓷器都破了
瓶頸正裂成碎片。
你為什麼懷著巨大的聲響
動也不動
全身的玻璃渣兒
正要落下來。

門像鬼
一下子就開了。
你停在鬼空出來的地方。
帶回了大雪崩
一樣滑動的白光。
外面的針一定刺遍了你的背
神情停在閃電的尖端。
滿腳的雪
使你只能站在碎銀沫裏。

全世界現在亮得刺眼。
冷得刺眼。
天空突然不流動。

在這沒知覺的時刻
只有你是肉體
所以你全身都被傷害。
你是那麼無望的一坨。
你的眼睛裏是鼻子。
鼻子裏是嘴。
嘴裏是你想對我說的全部。

沒有聲音
你僵在那裏
求你不要說，不要說
碎玻璃的外殼不要落地。

你的神情嚇壞了我
我真的不知道
你也會脆弱！
你的脆弱來得這麼快。

一塊布的背叛

我沒有想到
把玻璃擦淨以後
全世界立刻滲透進來。
最後的遮擋跟著水走了
連樹葉也為今後的窺視
紋濃了眉線。

我完全沒有想到
只是兩個小時和一塊布
勞動，居然也能犯下大錯。

什麼東西都精通背叛。
這最古老的手藝
輕易地通過了一塊柔軟的髒布。
現在我被困在它的暴露之中。

別人最大的自由
是看的自由。
在這個複雜又明媚的春天
立體主義走下畫布。

每一個人都獲得了剖開障礙的神力
我的日子正被一層層看穿。

躲在家的最深處
卻袒露在四壁以外的人
我只是裸露無遺的物體。
一張橫豎交錯的桃木椅子
我藏在木條之內
心思走動。
世上應該突然大降塵土
我寧願退回到
那桃木的種子之核。

只有人才要隱祕
除了人
現在我什麼都想冒充。

那個人的目光

我看見那個人退避的目光。
他不想它到達我
在一公分以外
我試到那目光止住了。
它隨時會被
主人快速回收。

我從來不會要求光
就像不要求為我伸過來的手
那是別人的東西。
除了擋不住太陽的照耀
我從來沒有準備接受
外來的親切。

突然他把它拉得很長
我只看見他的下頷
跟孩子一樣。
我們一起望見空中的客機
一隻堅固又發聲的亮鳥。

然後我們喝茶
有一只裝香片的紫壺
坐在人之間。
我再看見
他靈活地控制屬於他的目光。
我看見那張臉上
有兩根彈性優良的橡皮筋。

要多麼艱難
人能被人打動？
我試過它
那將是一種面不改色的深疼。

從北京一直沉默到廣州

總要有一個人保持清醒。
總要有人瞭解
火車怎麼樣才肯從北京跑到廣州。

這麼遠的路程
足夠穿越五個小國
驚醒五座花園裏發呆的總督。
但是中國的火車
像個悶著頭鑽進玉米地的農民。

這麼遠的路程
書生騎在驢背上
讀破多少卷淒涼的詩書。
火車頂著金黃的銅鐵
停一站歎一聲。

有人沿著鐵路白花花出殯
空蕩的荷塘坐收紙錢。
更多的人快樂地追著汽笛進城。

在中國的火車上
我什麼也不說
人到了北京西就聽見廣州的芭蕉
撲撲落葉。
車近廣州東
信號燈已經裹著喪衣沉入海底。

我乘坐著另外的滾滾力量
一年一年南北穿越
火車不可能靠火焰推進。

出門種葵花

春天就這樣像逃兵溜過去了
路人都還穿著去年的囚衣。
太陽千辛萬苦
照不綠全城。

一條水養著黃臉的平原
養著他種了田又作戰
作了戰再種田。
前後千里
不見松不見柳不見荷不見竹。

我不相信
那個荷蘭人
會把金黃的油彩全部用盡。
我們在起風的傍晚出門
給灰沉的河岸
加一點活著的顏色。

種子在布袋裏著急。
我走到哪兒
哪兒就鬆軟如初。

肥沃啊

多少君王在腳下

睡爛了一層層錦繡龍袍。

在古洛陽和古開封之間

我們翻開疆土

給世人種一片自由的葵花看看。

蟬叫

蟬強迫我在粗砂紙間走
讓我來來回回地難過。
又乾又澀又漫長
十米以外爆炸開花的泡桐樹
隱蔽很好的蟬在高處切我。

總有不懷好意的傢伙
總有藏刀子的人。
今天輪到蟬了。

誰會去區別蟬和蠅和蜂
昆蟲們都有熒熒發綠的內心。
從沒正面端詳過一個敵人
我始終被層層蒙蔽
一直到戲落而幕布纏身。
悲劇和喜劇都把力氣用盡。
一點也不雪白
一點也不火紅
一直到我不知不覺把顏色褪沒了。

現在我走向隱蔽了蟬的泡桐

它像膽小鬼一樣束立

天下肅靜。

西瓜的悲哀

付了錢以後
這只西瓜像蒙了眼的囚徒跟上我。

上汽車啊
一生沒換過外衣的傢伙
不長骨頭卻有太多血的傢伙
被無數的手拍到砰砰成熟的傢伙。

我在中途改變了方向
總有事情不讓我們回家。
生命被迫延長的西瓜
在車廂裏難過地左右碰壁。
想死想活一樣難
夜燈照亮了收檔的刀鋪。
西瓜跟上我
只能越走越遠
我要用所有的手穩住它
充血的大頭。

我無緣無故帶著一只瓜趕路
事情無緣無故帶著我走。

徐敬亞睡了

在颱風登陸前
徐敬亞這傢伙睡著了。

現在徐變得比一匹布還安靜
比一個少年還單純。
那條睡成了人形的布袋
看起來裝不了什麼東西。

狂風四起的下午
棕櫚拔著長髮發怒
我到處奔跑關窗關門
天總是不情願徹底垂下來。
徐真的睡了
瘋子們濕淋淋撞門
找不到和他較力的對手。

一張普通木板
就輕鬆地托舉起一個人。
我隔著雨看他在房中穩穩地騰雲。

如果他一直睡著
南海上就不生成颱風了。
如果他一直不睡
這世上的人該多麼累。

最難弄的是人這件東西。

12月的天空太低了

已經低過了城市的胸口
埋伏在一陣陣忙亂的走動以下。
天空就要脫落在這地上
人被切成了兩截
我什麼也沒做，就直接升天了。

昏暗不肯罷手
巨大的汽錘敲打頭頂
人的釘子將一顆一顆入土，這就是12月嗎。
在眾多侏儒的擁擠下，我使勁向上仰望
使勁想像什麼在12月天空的背後。

在飛機上

天空憑什麼一下子藍成了這個樣兒
哀傷全都浮起來了。

太陽照樣待在比我高的地方
發青的山峰個個戴了一頂金帽子。
我在想，也許能乘勢升到光芒的上面去
獨自一人去飛。

冷空氣敲著飛機的腦殼說
那個人，她想幹什麼
退下，回到你那層藍色包裝紙下面去。
我當然紋絲沒動
退縮在哀傷的合金殼裏
偶爾看一下四周包圍著傳說中美麗的藍色。

如果我沒了

如果我沒了

我的世界緊跟著也沒了

甚至誰都沒發現少了什麼，連一個人的缺口都沒留下。

一個人沒了，被她理解過的東西又都去了哪兒

假如物質能不滅，非物質又該待在哪些地方

這緻密的世界上哪兒還有合適的空隙？

時差

我坐在今天，而你們都跑到了未來。
你們全都站在下一刻
正轉過頭來看我。
你們都有眼睛加眼鏡
光澤閃過
不停的鐘擺和人流，誰是恐懼製造者？

一直都是這樣，地球是一個，可世界不是一個。
很多的紅柱子錯落
這是T3
有聲音在前方說，歡迎回到中國。

很大的東風

東面來的風吹動了寺廟。
飛簷上四隻銅鈴響
是風在用勁兒，不是和尚在用勁兒。

多餘的鈴鐺攪弄著人心
總想伸手去穩一穩它。
它不讓碰，我知道它不會讓碰。

銅胡亂地搖盪
天色很快就暗了。
再沒有人留在風裏
風一點點抽緊自己的那根筋
寺廟的東牆好像繃上了一面皮鼓。

穿黃袍子的胖住持輕飄飄過去
袍子把他兜住又忽然鬆開
跟沒事兒人一樣。
風鈴們搶著說話
左右吐著看不見的舌簧。

小魏喝多了

他把實話說出來
三角的眼睛放出草原動物的光。
中年的小魏舉起酒
一挺身變回了青年小魏。
可惜啊，他的對手早隱身在這世道的內部。

爆竹跳到玻璃的身上開花。
金絲絨罩住2006年油污的檯面。
酒裏的妖精蠱惑著小魏
風中的燈籠再三向險境裏牽著小餐館。

同桌的人不斷按下青年小魏
他又再三挺起來
他說，終於失態了，哈哈哈哈。

他們說我藏有刀

如果我有刀
刃在哪，鋒線在哪
它暗藏在心的殺機在哪兒。

我的窗口掛在樹上
四周生滿龍眼芒果和枇杷。
這個人已經退卻
兩手空空，正在變回草木。

如果還有青春年少
我自然鑄一對好劍
每天清晨蘸上暗紅的棕油
在利器最頂端留住我的咄咄青光。

時光不再讓金屬近身。
鋒刃只解決雞毛蒜皮的事情。

6月17號，過虎門大橋

所有的車忽然速度放慢。

珠江仰面朝天
拖長了它灰亮的舌頭
我們像犯了錯一樣慢下來。
誰知道這橋會不會在下一刻斷裂
人將跟著車的鐵殼翻滾
直接落進水老虎的嘴。

此刻的大幸福，就是一場虛驚
小心慢行，不要變成珠江的魚餌
祈禱它就是父親河母親河祖父河祖母河
只要不是奪命的河。

大地沉沉，泥土才是救星
它攤開手把我們接下了虎門大橋。
這土地原來真愛我們
愛得真叫一個深沉。

在夜航飛機上看見海

什麼都變小了
只有海把黑夜的皮衣
越鋪越開。

向北飛行
右下方見到天津
左下方見到北京
左右俯看兩團飛蛾撲著火。

這時候東海突然動了
風帶起不能再碎的銀片
又密又多的皺紋抽起來。
我看見了海的臉
我看見蒼老的海岸
哆哆嗦嗦把人間抱得太緊了。

我見過死去
沒見過死了的又這樣活過來。

拖拉機跑得真快

拖拉機像村莊裏養的野獸
左右撲騰著跑出來
不是著急
是天生的飛快。

塵土和茅草跟著它
青蘿蔔和紅蘿蔔也想進城
風忽高忽低
三個農民駕霧一樣騎上去了。

拖拉機使鄉村也有了動物。
榕樹聽見了叫聲
鴨子游得歡
人啊好像也活了。

北京大晴

原來北京也會晴
北京也配有五顏六色。

北京晴得奇了
行人的衣裳表情還有他們的心
全都露出來。
今天下午我就停在大街上
不斷不斷看見本來。

人都在趕路
錢都藏進最深的口袋
心都在暗地裏蹦跳。
少數人張開嘴笑
露出不乾淨的牙齒。

我在北京大晴的這一天
一下子看透了
世間再複雜也不過裏外三層。

11月的割稻人

從廣西到江西
總是遇見躬在地裏的割稻人。

一個省又一個省
草木黃了
一個省又一個省
這個國家原來捨得用金子來鋪地。

可是有人永遠在黃昏
像一些彎著的黑釘子。
誰來欣賞這古老的魔術
割稻人正把一粒金子變成一顆白米。

不要像我坐著車趕路
好像有什麼急事
一天跨過三個省份
偶爾感覺到大地上還點綴了幾個割稻人。

要過去喊他們一聲。
看看那些含金量最低的臉
看看他們流出什麼顏色的汗。

喜鵲只沿著河岸飛

那隻喜鵲不肯離開水。
河有多長
它的飛行就有多長。

負責報喜的喜鵲
正劃開了水
它的影子卻只帶壞消息。
好和壞相抵
這世上已經沒有喜鵲
只剩下鳥了。

黑禮服白內衣的無名鳥
大河仰著看它滑翔。
人間沒什麼消息
它只能給魚蝦做個信使。

連一隻喜鵲都叛變了。
我看見叛徒在飛
還飛得挺美。

兩列交錯而過的火車

見到我就大聲鳴笛的火車
渾身都是力氣，渾身都是奔跑細胞。
一個進城一個出城
誰也不看誰
它們兩個相遇的時候瘋子一樣加速度。

城市，這隻化了彩妝的惡魔
每天吞吐著太多的幻想家和失意者
真生了一只好胃。
每天下午2點30分
向北向南的火車準時相遇
慌不擇路地避讓對方。
不可能交談。
不可能臨時停車。
進城的和出城的看不清對方的臉。

悲劇通常是喜劇的七倍
這事兒我專門盤點過。

火車們一下子過去
安靜又回來了。

我想像我是一掃而過的火車
望見貼在某扇玻璃上的某些影子
所有人都恍惚不清地被忽略
火車們長哭一樣鳴笛。

深夜的高樓大廈裏都有什麼

可以沒有人，但是不能沒有電。
電把梯子送上去
再把光亮送上去
把霓虹燈接到天上。

人們造好高樓大廈
人趕緊接通了電就撤退了。
讓它獨自一個站在最黑暗的前線
額頭毒亮毒亮
像個壯丁，像個傻子
像個自封的當代英雄。
渾身配戴閃閃的獎章，渾身藏著炸藥
渾身跑著不斷向上的血。

而現在的我抖開燙過的床單
我滅了所有的燈。
高樓大廈們亮得不行
我吃了閉眼睛的藥。
這一生能做一個人已經無限無限美好。

飛行的感覺

在天上總是感覺不好。
所有高高在上的人都沒有說實話。

要貼住舷窗才能入睡。
要依靠鐵，依靠鋁，或者依靠鋼
會飛的金屬們渾身稜角。

就在飛行的下面
多麼多麼五彩的綢緞。
重疊又重疊
綢緞啊，綢緞綢緞
人間並沒有發覺
它自己開著一間最富有的綢布店。

跳下去將柔軟無比。
繡滿花朵的綢布，柔軟的櫃檯
藍色裏有魚，綠色裏有鳥，灰色裏有人。
可惜我不在，我在高處飛。

貼緊舷窗也睡不著的時候
我總在想
我怎麼會自己鑽進這個飛行的牢房？

在冬天的下午遇到死神的使者

那個在銀夾克裏袖著手的信使。

我們隔著桌子對視
桌上滿滿的滾著紅到了頂的臍橙。
光芒單獨跳過來照耀我
門外的旅人蕉像壓扁了的屍體
古典武士正受著刑罰。

那是個不能形容的忠誠的人
看樣子就叫人信賴。
沉默在沉默後面趕緊說話
好像該草簽一張有關未來的時間表。

可是，我現在還不能從我裏面鑽出去。
跑也不行
掙扎也不行
縱身一跳也不行。
我能做的最驚天動地的事情
就是懶散地坐在這個用不上力氣的下午。
時間虧待了我
我也只能冷落他了。

月亮起身，要去敲響它的小鑼
我打開了門，我和銀色的信使左右擁別
拿黃昏最後一線光去送他。

貼著白色牆壁走掉的人

他貼著他自己走。
他的靈魂緊隨著，清楚地出現在稍後的牆上。

他一點都沒察覺到分離
一點不看重那件破東西
他讓那傢伙獨自一個。
靈魂遇到蒼蠅，蒼蠅也逃開
遇到牆上的塗鴉，骯髒的字蹦跳躲閃。

他只顧自己快步走，貼著蒼白可憐的牆。
前面是他
後面是腳不落地的靈魂
歪歪扭扭跟得緊
好像很害怕迷失的痛苦
那個孤苦伶仃的棄兒。

如果人走得快一點
可能甩掉他那個心事重重的尾巴。
再快一點
那面牆就和給路人無關
只是冬日裏一整片的好陽光。

打楊桃

滿樹的楊桃讓頭頂很沉
讓我們見不到天。

很快，幾顆黃果子落到了手上。
現在，天空不僅更明亮
還更深透更渾圓。
山頂上的群霧收走了它的新花樣
天顯露得更多了。
人們依舊揚著臉，撲騰著打楊桃。

果實們一半落在地上
另一半涼涼地墜在我懷裏
像冬天剛下火車的兒子。
我們為什麼要追著這些高樹打楊桃？
我的手滿了，再拿不動了。

少年的我還是掛在樹尖上
又輕又薄，離金黃還很遠的那顆果子
恐慌地望著打楊桃的這一群。

我向上望著我，並不認識。

熱

熱是沒法兒寫的。
熱是我們從早到晚的身體
冷只是身上停留片刻的精神。

但是，七月總要下場雪。
毒素太重了，大地必須白一白
我們必須內心冷酷。
寒冷於是離我最近，我就是乾冰
拿什麼也融化不了。

在這個熱的季節，花草樹木肥胖的季節
睡覺和乘涼的季節
我什麼也不做
親眼看著熱，一刀一刀地刻我。
欣賞那個全過程。

給我什麼我就享受什麼
世上總會殘存幾個怪人，骨頭像透明的冰柱。
多好的冰柱。

你找的那人不在

他根本不在。

其他的都在，只是你要的不在。

有東風進來

有小昆蟲進來

星光像剛剛磨碎了的麵粉。

番茄成熟了的橙黃色進來。

海馬從落地窗最低的縫隙間游進來。

陌生人經過，不知名的煙草香味透進來。

我這兒從來沒這麼滿過。

什麼都有，什麼都不缺少

溫暖友善的東西們四處落座。

我們不在同一個世界

四月是隔絕的屏風

所以，你只有原路退回

你找的人他絕不會在。

最軟的季節

在五月裏
我看得最遠。
記憶像新蟲
鼓動著向南的山坡。
我知道
最軟的季節快要到了。

在五月裏
我當然能看見你。
你又化妝成最細的游絲
淒婉地攀上
兩千公里外我的圍牆。

我決定
把我整個的一生都忘掉。
我將與你無關。

我的水
既不結冰也不溫暖。
誰也不能打動我
哪怕是五月。

我今天的堅硬

超過了任何帶殼的種子。

春天跟指甲那麼短。

而我再也不用做你的樹

一季一季去演出。

現在

我自己拿著自己的根。

自己踩著自己的枯枝敗葉。

飛是不允許的

我已經一次又一次地試過
天空從來不歡迎人

我貼近它的時候
它臉色驟變
緊張得像傷口上
塗抹了大量的龍膽紫

連詩人都已經放低了
嘩嘩翻響過的心
因為飛是最不被允許的

轉動身體的空間漸漸稀少
我看見西半球的上空
兩隻鋼鐵的鳥架在下墜中燃燒
就像我在夜裏
撞在我的穿衣鏡上
我的眼睛裏
濺起了毀壞的光斑

又有飛機穿過頭頂
我欽佩那些
把生命當作火柴桿的人
多麼危急的洪水猛獸逼著它們
上了天

我們的自由
只裝在不堪一擊裏
讓頭腦出走
就已經幅員無邊。

今天，我看到很遠

8月18號，我一直看到了西伯利亞
它的頭頂就要白了。

秋天正在拔刀。
森林們跑來跑去
試穿最後一件鮮豔的衣裳。

早晨，所有樹的葉子
都被我給看落。
大地的上身立刻感到了暖和。

城市裏的鐘樓們向後撲倒
我看到了更遠更遠。
太陽低垂著熟了的金穗
天空的牙齒全都掉了
為什麼連遠處都沒有危險。

我的視線專門沿著天邊跑
在絕壁上尋找對手。
跑了那麼遠去會見寒冷
為什麼不害怕？

第六輯

鄉村十首

2004

耕田的人

那個人正扶著犁翻起整座山頭。

他跟在牛的後面
他們兩個正用力揭開土地的前額。
暗紅的傷口露出來
能看見燃燒過後的紅。
刑罰過後的紅。
把疼痛默默挨過去的紅。

矮小的耕田人忽然不見了
剛翻出來的紅泥把他埋下山坡。
他的夥伴直挺起很大的頭
好像另一個耕田人戴上了牛的面具
好像犁的前後兩個親兄弟。

煙草的種子還在麻布袋子裏
勞動剛剛開始。
他們停下來
一高一低地咳嗽
後來，塵土蒙住臉，四周又靜了。

有了信仰的羊

羊群向著高處逃亡
皮毛很髒，心情很急。
前面的摔倒了後面的踩上來。
山坡越滾越快
還沒融化的山頂已經很近了。

最後的幾片雪出奇地白
天藍得嚇人
只有藏在深山裏的羊才這樣不顧一切
它們要去天上洗澡
乾乾淨淨地成仙。

山梁上起著風
追趕著，清潔著，神聖著這群小動物。
大團的白雲和黑雲都避開了
天留出最大的空間。

羊對羊群說話
導火索對火藥說話
絕不讓牧羊人靠近，不讓他追上來。

要多麼快才能甩掉牧羊人

把他塞回他的臭皮袍

把鼓在口袋裏的三個饃塞進他的肚子。

把他留在他那個發臭的人間。

麥苗們

成片成片的麥苗在山坡上發抖
越向上顫得越厲害
山快把自己抖碎了。

春天正藉著風
向更遠處傳播著恐高症。
好像天的心裏藏著透明的兇器
好像危險就要垂直刺下來。

有一束光在行走
太陽準備讓綠色更綠。
麥苗正在流出害怕的膽汁
山頭一個接一個傳遞，亮起來了。

麥子一直一直鋪進烏黑的鎮子
蒸在火上的饅頭裂開了。
吃飽了的人出了門
拖起一條翻滾的紅土尾巴。
紅尾巴人領袖一樣散步到山尖上
天下膽小的好像只是麥子。

綠色的害怕和鋤頭有關。

和鐮刀那道鋒利的光刃有關。

和吃麵粉的我們有關。

那個人摔倒了

老太婆穿著她最好的衣服
夾著比兩個老太婆還要高的芝麻桿。
全河南最小的腳走上了田埂
那生了她，又嫁了她的村莊越來越近。

她被懷裏的芝麻絆倒
忽然摔在自己家挺挺的桐樹下。
活過兩個世紀的老太婆
在樹影的迷亂裏鵝一樣大笑。
整個村子都忍不住動了。

像游在鄉村中的金魚
老太婆撲騰著剛染過布的兩隻靛藍的手。
撲累了，照照很透亮的一汪天。

她的屋裏存著最細最韌的棉花
架著最結實的織布機。
滿院子曬著暖暖的新玉米
想到這些，她要在門口多睡一會。

芝麻都熟了，這季節讓人踏實。

鄉村原本應該是好的

莊稼白貓桐樹和人都該享受好的生活。

提著落花生的

她站著，兩手提著剛出土的落花生。
那些果實，還穿著新鮮粉紅的內衣
像嬰兒，像沒開瓣的荷花。

身後，一塊田的距離
光光的立著她的五個小孫子。
他們的屁股上不是褲子
是快要僵硬的黃泥。
三塊田的距離以外
坐著她已經不能行走的小腳母親。

沒有一個人移動，鄉村出奇地安靜
不知道他們在等什麼。

落花生看到了最初的人間
一個挖掘者，五個小光人
遠方還有一個蒼老的。
泥土還沒完全落乾淨
花生有點傷心。

她站著，穩穩地像任何大地方的高房子
滿園鮮花的房子
管風琴奏樂的房子。
鄉村的水塘遠遠地跳著黑氣泡
她的心正向外亮著。

人說，那婦女是個信教的。

泥屋前舉著燈的那個

這種晚上舉著一盞燈多不容易。
風來了，他就不見了
風停止又現出來
護著那油燈飄搖出門的人。

十分小心地走，躡躡地轉過了兩條街。
這麼深，這麼沒人的夜裏
只看見他火炭一樣緊湊的五官
一小團謙卑的臉由著黑暗，向前游動。

那片泥屋有什麼可照
容不下一頭毛驢的石街有什麼可照
這個世間又有什麼可照的。
他不管，他不聽那些，只是走
也許是黃牛生了，也許是婦人生了？

黑洞洞的世界，只有一撚光
只有時斷時續的謙卑。
忽然什麼也看不見了
村莊裏的坡路，一直向下，要下很久。

在墟市上

灰濛濛的墟市
半天喘一口氣的慵懶墟市。
兩輛摩托車在加油
有一隻豬被捆在街心
磨刀人剛擦掉滿鼻梁的汗。

誰會想到那豬一轉眼逃跑了
油黑油黑的，逃得真快。

少了哪個都可以，但是少不得豬。
抄刀的，騎車的，拿著秤桿的
全鎮都在追逃
滿街穿黑衫狂奔的動物們。

豬的逃跑是今天的高潮
扔下了永遠跑不掉的老鎮子。
石板路又露出圓潤的接縫
烏的瓦一層連一層
天光也顯亮了
窗前開裂的泥盆，仙人掌爭著開紫花。

這個時候的墟市成了桃花源

感激宣戰者，感激那些不屈從的。

穿裙子的稻草人

在這個國家的茫茫田野裏
有穿裙子的稻草人。
她是唯一的一個
在古夜郎國的水田裏微微斜立著。

城市淑女屋裏出來的這件連衣裙
每一個夏天她都渡過15歲。
她能飄能旋轉，有時候還能飛一飛。

農民說，哪兒捨得褲子給個草人穿。
農民又說，城裏捐來的不是些個好東西噻。
他們咒罵那塊花圍布
作個稻草人，還乾巴巴的是個女的。

鄉間裏來了穿裙子的稻草人
麻雀們顧不得糧食了
日夜圍繞，欣賞城市小姑娘的模樣。
從此古夜郎國的稻米很安全
一天天顆粒飽滿
收割就快了。

蘇東坡的後人

整個村子靜極了
沒有狗叫，沒有娃娃跑，沒有公雞打鳴。

滿是青苔的老屋，滿是青苔的老井。
清晨裏的第一個人從古代出來，漸漸的
又矮又無語又遲緩。

後面跟著養蜂的，挖草藥的，半披著彩服舞獅的
把能出售的東西都擺上街。
望著通往村外的石拱橋。

米酒都封緊在木桶裏。
賣酒人說他的祖上是蘇東坡
那就是全村人的名字。

在長江之中放船漫遊的蘇老頭
他望月亮的眼神
現在正直直望著外鄉遊客的錢袋。

河流淺哦，淺得不能行船
他們乘坐什麼交通工具到了今天
把村莊住成一條木乃伊。

到海裏洗水牛

牛群被趕下了海，一路走到翻白的水沫裏去。

骯髒的牛把大海神聖的邊緣染黃
就像小僧人來過，投下幾個骯髒的爛蒲團。

偉大的東西猛然起身
海在漲潮。
牛只有害怕
它們都是真正的老實人。
水發出最大聲的恐嚇
要驅趕這些四隻腳的怪物。

趕牛的人躬著，清洗他精瘦的兩條腿桿。
然後，趕牛人對海說，你凶什麼
這點泥能污了你
你那麼大！

牛張開心事重重的清澈眼睛
它看見藍色的田地，比黃色的田地還要大
它們跟著海的節奏嚎叫
害怕趕牛人要耕這一大片的苦水。

像幾個沒穿衣服的害羞的紳士
走上海岸的牛放心了。
可是，太平洋兇猛地追過來
它真的很生氣。

第七輯

在海島上

2007

3月13號滿天的風

海島豎起來
全身的羽毛都興奮。
威力傾斜著從海那邊跳舞過來
玻璃在咬牙。

一直一直一直
什麼都做不下去。
站著，看今天的風
看這成群的流寇中，有沒有夾帶一兩個英雄。

到白沙門去

海，死一樣頂住了沙子的門
染成灰藍的頭髮，電了大大小小的波浪。

風的刀斧手正按住海的腦袋
讓它的臉面再三沉進地心。
什麼人在沙上一遍遍走過
生怕那個扁平的大傢伙忽然把水鼓動起來。

沙子的門面對著望不見的滔滔陸地。
到白沙門只能看海
看一刻不停的手起刀落。

碼頭一帶的船叫

深夜裏聽見船叫，很像一根鋼管在叫。

又短又粗壯的鋼管
純金屬的嗓子
嗓子裏塞滿紅鏽或者芒硝。
它叫一聲，那條發臭的江跟隨它震一下
夜晚忽然被這短促的響聲抽緊。

把來不及做的事情都想了一遍
月亮正沿著河岸撒下幾條略帶鱗光的鹹魚。

殺一顆火龍果

他們說這個是紅心的
紅的紅的紅的，一點都不摻假。
賣火龍果的從腿下抽出無光的尖刀
馬上，紅從他手心裏流出來。

是出了人命的紅。
是我們身體裏才有的紅。
是不能形容的讓人退後的紅。

賣火龍果的人提著刀
嘴角一顆包金的牙齒在閃光
殺開的果實正托在他絲毫不抖的手上。

賣木瓜的女人

她顛顛地追趕著路人。
顛顛地一路捧著她的乳房
不是兩隻，是六隻，六隻圓滚的草綠色果實。
她快要捧不動了。

下雨了，天空不說句什麼就下雨了。
她把身體縮得很緊
六隻木瓜全都藏進瘦小的懷裏。
這個上身鼓鼓的動物
頂著雨奔跑的木瓜樹。

那人正在砍開椰子

刀尖頂住一個椰子。

他說，這個，又是個老的。

這時候，他使出特別強橫的力氣

像個古代南越人

砍刀舉過頭頂

剁著被太陽照得虛弱的馬路。

那個堅硬的半金屬被制服了。

他倒提著刀

看椰子噴著半透明的血，向污濁的街心翻滾。

看吧，那壽命已盡的椰子。

在西風中的一列男裝

是誰家的兒子，誰家的西風。
一隊士兵跟著一截鐵絲急行軍
椰樹在四周爆破，隔一會兒一隻紅椰落地。

不知道為什麼就十萬火急的下午
無禮的風竄上海島，驅趕著一隊少年。
在兩棵蒼老的紫荊中間
抽打他們的上半身。

前心緊貼著後背
西風的佇列裏，人人都是空的。

四月的榕樹們

滿山的和尚換上嶄新的僧袍
油綠的經幡插滿所有空間。

四月正在豐盈，從裏向外鼓脹著
綠色跑出了樹冠的界限。
到榕樹下面走一走，格外安詳。

太陽就是最大的佛。
寒冷已經被蒙面人帶走了
真正的朝聖剛剛開始
四月翻動開了大厚本的經書。

六神無主者，去海島上找棵榕樹坐下吧。

一個黃昏

黏稠，有點下墜，有點慢
行人越走越遲，好像剛剛裝在路邊的標誌。
天和地都是灰黃色，灰正越來越多。
下水塘採藕的人提著膠褲上岸
帶出一條發亮的水跡。

我沒有見到金色
這個黃昏和價值無關。
沒有別的了
只有顏色和顏色沉著地轉換。
一點一點，我被敲進了黑暗，就是黑暗。

在雪天去山西

2003

距西安239公里

山西還死著
河南並沒有活過來。
一條河像一條死魚跟著
多年的霉斑飛揚
滿山遍野藏著削麵片的小姑娘。

如果不在這塊路牌下轉彎
天黑前就進了古長安。

多少條街備足了牡丹
紗燈從火裏挑起
不見長髮在頭頂盤捲
只有銀簪爍爍。
絕世珍寶都還沒有現身
長安嚴守著傳說中的這一夜。

如果是二十歲
我一定飛馬直下。

丟了帆又丟了魂兒的風陵渡
我沒經歷過二十歲。

年輕遠在前方239公里

未來拖後239公里

皮包骨頭站在眼前的只有風陵渡。

藏好一夜暴放的花

不聲不響我灰暗地過風陵渡

長安漸漸漸漸

變回了那個西安。

夜裏住進侯著馬的城

侯馬城是不歡迎的城
斷了水的河攔住外鄉的車。

我向刮花了的天上
舉著三塊錢
放行的長桿抖著抖著
不交銀子就刀槍不如的小城。

侯馬是些不高興的人。
女人在麵案上滾白了手
男人蒙住喘氣的大碗
小米的眼淚全給煮出來了。
全城守著清河
卻沒人去彎腰洗臉。

我讓一座城失望。
侯馬侯馬立在雪天
久久等候一匹遠方的馬。
有了馬才有英雄挎箭落鞍。

我要騎上馬的棕色眼睛
佩戴馬的四隻皮靴
重來一次侯馬。
西風的兩鬢全都亂了
侯馬人淨面淨手
嘩嘩放落桃木的吊橋。

我要見見會笑的侯馬。

我們箭一樣要去射中什麼

騎各色毛驢的人總在前方
我們沒可能超過他。
我們走的是路
他走的是張著嘴的山梁。
毛驢轉向哪
哪就成了正前方。

圓臉的姑娘給我們擀麵
更圓臉的姑娘給汽車加油
時速一百三十公里
我們穿透半白半黃的山西
真感覺像箭一樣。

天黑了雪也緊跟著黑了
我們急著進城
騎毛驢的早在自家院裏卸鞍
悠悠地仙人們先睡了。

多麼多麼快的神箭
多麼多麼的重要的路程

不過是在每個晚上
射中一張能睡下去的床鋪。

我們為什麼要像一支箭
為什麼顯得比騎驢人著急？

許多人在這一天出殯

一個人死了
五十個人出門送行
大地草草套上一次性白袍。
今天還能呼出長氣的人們
半透明地走出村莊
我眼前經過的雪片又大了
棉籽逃得漫天都是。

流眼淚的出奇的少。
去年的棉桿孤兒一樣立著
見到雪容易
不容易見到的是悲傷。

有一個人看手錶
半掩著的喪袍就快落地了
躲在裏面瞅時間的人就要露出來。

我發現每到陰暗的日子
上天的路很擠
大地上很空。

繡在門簾上的一雙喜鵲

紅嘴對著紅嘴。
簾子張開來又捲起
捲起又張開
把人一個個送出門。

我想
死首先要感到冷
然後一切碎碎地搖晃在人間
碎碎的再沒什麼可想。
選個雪天走最好了
這感覺只能留給一個人
獨自享受。

華山積雪如淡淡的胭脂

是什麼質地的綢緞迎面陡立
是什麼人
敢把感覺放到那麼高。

我發現華山原來是一座女山
我以為我看見她
其實只見到淡淡的化妝品。

我走了很遠
一路上忽左又忽右
她總是隱隱地跟隨
灰白的千褶裙纏繞盤旋。

林木自然退下
天越冷她穿得越薄
悲傷啊簡直沒辦法藏起來。
有人總想給壞心情塗一點脂粉
讓它也好看起來。

想在雪天接近華山多麼難
悲傷也自然露出了它的高傲。

天下最先消失的

將是一座叫華的山。

她讓我們看見悲傷的了不起

讓我們空下來慢慢懷念。

為什麼要剪那些蘋果樹

為了更多的果實
山西的蘋果樹正被剪掉頭髮。

一戶農民舉著剪刀上天入地
顫顫的梯子運送他們。
黑棉衣刮破了
藏在脊背裏的銀子露出來。
見到行人就跑到路中央
打聽蘋果的價格。

冬天裏不言語的蘋果樹
任人擺佈的蘋果樹
農民全家在這人間最有錢的親戚。
不知道該怎樣待它好
他們從早到晚在懷裏磨剪子。

如果這些樹給剪死了
孩子們說砍了它去攏火。
女人說明年要種更多樹苗。
男人站在半天上

他說樹死了他也不活了。
他以為他還儲存了另一條性命嗎？

越來越朦朧的蘋果園
甜度還躲得很深
果子要等待農民落地才肯上樹。
爬上爬下的一家人
伺候著他們以為最好的東西。

想想我有多久沒吃蘋果了
想想我這條並不好過一棵樹的命。

雪後的山西變厚了

我出門
看見世界就這樣變了。

雪把好東西降下來
山西像一座沒人碰過的銀礦。
車身披了上好的羊毛氈
黑汽車一夜間換成了白汽車。
熱的饃雙雙貼在懷裏
行路人的神色突然莊重了。

靜靜的一夜啊
一層雪變成了兩層雪。
一張紙幣送出去又收回來
無數次精撫細摸
使它黏黏的厚過了三張紙幣。

太陽升上來就落下去
天變得很窄
煤層空著腹托起人間。
大地也像一張用久了的錢

再三被人摩挲
顯得格外值錢了。

一個敏感如我的人
心裏隨時生風生刺的人
怎麼能長久待在這日落之地？

我的天哪。

第九輯

過滇桂黔記

2004

過雲南記

老虎退下去，鷹也退下去
殺人的和被殺的都逃到了外省。
天騰出它的左下角
雲南就在那下面蒙頭睡覺。

這個紅色莊園主睡得太舒服了
橫側著的曲線忽然高忽然圓。
綠袍子以下露出紅的身體
比紅還深，比岩石還深
比種子的要求還深。

只有紅，沒有火
只有身體，沒有主人。
青草們爬上它的頭頂心驚肉跳
峽谷的牙齒閃著懶惰的光。

泥土被玉米根簇擁著發胖
紅色的雲南不做事也不慌張。
現在，左右奔跑著空山回聲
我緊提著心經過一條鉛紅色的舌頭。

過廣西記

最透明的早上，玻璃的早上
世界從下到上都變成晃眼的黃色。

收割稻子的廣西正走向山的最高處
夾著刀的那個小金人
站著比坐著還要矮的那個勞動者。
它說稻米長到了龍的脊梁上
龍的妹妹捲起舌頭就唱一支歌
她讓我看見幸福就是痛苦在打滾兒。

今年的糧食又壓在黃牛的身上
可是，廣西只顧講述龍脊梁的故事。

晚上一點點黑下去沉下去
天沒了，廣西和它的龍也緊跟著沒了。
只是竹榻上還睡著人
白天裏吞了金的名叫廣西的這個人
重重地倒下了。
金子的重量剛好是稻米的重量。

秋天，是黃金大削價的季節

我得了深層的恐高症。

廣西在疲倦的九月之夜翻身

龍和它染了色的鎧甲們雪一樣落地

真實的月亮像魚鉤彈起來了。

過貴州記

貴州半隱半露著。
從古到今最骨感的這個模特兒
它把身體深藏在骷髏遍佈的山間。
左右的溶洞裏掛滿了它的時裝
取一件是黑的，取一千件還是黑的。

骨瘦如枝的貴州膽小又緊張
越坐越古老越陷越深
像黑山羊的屍體鑽出風暴掀亂的墓地。

太陽的光正調教大地上的花豹
那是它們兩個之間的遊戲
西邊亮起來，東邊又暗下去。
想像中的猛獸撲住無辜的山脊不放
貴州用力聳起全身的硬度
永遠拿不到時刻表
它特圓的眼睛永遠乾癟著不善於張望。

那人全身都是祕密
被埋藏的還活著，露出來的先死了。

碑石碎成一地的石匠的墓園

緊守著這世上最後一個沒出場的守墓人。

第十輯

和爸爸說話

1996-1997

這一天

爸爸！你早已經對我描述過
怎麼樣「慶賀」這一天。
你早跟緊了我，讓我答應。
你讓我承認那是一個好日子
必須鼓盆而歌。
你想讓我看著你，
推動兩隻輪子的車
直接騎進深密的古老神話。
可是，這麼快，我就見到了
你連手都舉不動的晚上
車鈴在另一個世界裏催響。
到了這一天
我的眼睛裏全是白的。
我的兩隻手輕得不見了。
力量渾身發抖
像暴動過後的石頭粉末。
記憶的暗房從支柱中間裂開
洩出來的只是簡單的生理鹽水。

我在水輪子的轉動裏看見
是你自己學著莊子虛幻的儀態

悠悠地遠去。
是你自己優美地鼓動起
一身瘦到了最後的黃雲彩。

爸爸，我還看不出
消失在哪一步才算美麗。
才能有歌唱
從含滿高純度鉛礦的嘴裏發生。
瓦盆全都飄升到半空
天上掛滿了泥灰色的月亮。

爸爸，只有這一次
我超越不了最平凡的人。
只有這一次，我幼稚地違背了你。

這回是你贏了

用最隱祕的低沉之音。
用越變越古典的笑。
你無數次向我形容那個地方
將會比躲在安靜的書店裏
遇上遍地新書還要好。

你不明白
為什麼所有人
都拒絕聽到你的感覺。
節日的上空飛滿破滅的汽球。

你輕輕地拉著我的頭髮請求。
你在睡沉了以後
還揉搓著它們。
好像世界上值得信任的
只有這些傻頭髮。
好像它們恍惚地還可能幫你。

你請求過了每一個人。
請示過藥瓶。
請求過每一幅窄布。

這個軟弱到發黑的世界
能舉起多麼大的理由
讓你在飄滿落葉的泥潭裏堅持？
我低垂著
被清水一萬次沖淡了的手
這水來自永動的河流。
有什麼辦法
能托舉著你的幻想
送你走上那個
再不能回頭的臺階？

你是一個執意出門的人。
哪怕全人類
都化妝成白鴿圍繞在床前
也不能留住一個想要離開的人。
誰能幫你
接過疼痛這件禮品
誰能替你卸下那些冰涼的管子？

我用你給了我的眼睛
看著你

一個人在頭腦裏苦苦作戰。
在不能移動的床上
你一層層
無助地接近你的美好。

爸爸，最後
是你贏了。

到最後我才明白什麼是爸爸

像一個長久禁食以後
柔如竹葉的佛教徒
你見到我，就雙手合十。
你說，我的姑娘今天早晨好。
你的高興，超過了一切人
臉上的高興。

兩隻手不能閒住
我經受不住再一分鐘的沉默。
有什麼方法能夠阻止
心裏正生長出浸滿藥水的白樹？
病床下面虛設的
是一雙多麼合腳的布鞋。
而你，在見到我的每一個早晨
都拿出大平原一樣的輕鬆。
你把陰沉了六十年的水泥醫院
把它所有的樓層都逗笑了。

太陽每天來到病房正中
在半閉著的窗簾後面
刺透出它光芒的方尖碑。

我認識你有多久了？
和我認識天空上的光明一樣長。

四十年中
太陽走來走去，你卻永遠在。
你一直想
做離我最近的真理。

可是，到了最後的一刻
你翻掉了棋盤，徹底背叛了。
把兩隻餓烏鴉一樣的真理放掉
你成了我真正的爸爸。
像那些時候，你拉著我
手裏只拿著自己的手。
我們自己早已經是真理了。

什麼樣的大河之水
能同時向左，又向右？
你的眼淚，我第一次看見了。
你說，別把頭髮剪短

你要隨時能夠拉住我
說出你一生都不能說的話。

雙手合十，又分開
像落在地板上而分裂的
道義剪刀。
像交叉失血的白色碎紙機。
八月
佛陀催著滿天的淡雲彩
為你下起白蓮瓣一樣的大雪。

時間，扯出了多麼遠。
我們各自站在兩端。
過了多久以後的這個早晨
我才明白，什麼是爸爸。

誰拿走了你的血

你孩子般的大眼睛後退著
望著旋風一樣走進來的醫生。
你突然支撐成囚牢裏
暴怒的白色勇士。
你要站起來捍衛你的血。
爸爸，你的血早在流。
在塵土那樣小心翼翼的一生中
紅螞蟻成群結隊爬過。
你的血液被和平又悄然地取走
清涼的風一季又一季
收回了紅葉。
拿走了你的血的人
連愧怯都沒有
連半截影子都沒有。

寬恕那質地不壞的梨木辦公桌。
你終生的坐騎
藏進地下室，掛滿了灰塵的椅子。
它一生都在收集著你
還是不能退回去
做一棵開滿梨花的樹。

從前，我輕飄飄地對你說
我不想被釘到一張桌子後面
我以為，推開了最後的門
四面八方都變成了我的原野。
脫落的花立刻褪掉了顏色
我不過和你一樣
是又一個失血者。

拿走了我們血的
不可能拿走我心裏的結石。
我們一起揚著臉
看見天色多麼自然地變白。
大地正緊緊含住眼淚
不讓它流出來。

爸爸！
今天我把你最喜歡的
三只番茄和一團白棉糖
擺放到風霜經過的窗臺上。
像等待一隻翠鳥到來
我要把你的血一點點收集。

因為是我說的

我怎麼也不能瞭解
厭倦的最後之味，爸爸。
你看都不看這土地上的出產
食物像石頭群一樣不可親近嗎？
蹬著兩隻輪子的車
會見過起伏無數的土地。
今天，你拒絕它污濁的果實
你已經不再喜歡。
用乾棗的嘴唇給我講解天堂。
你用潔淨的聲音拒絕
比童聲唱詩班的高音還好聽。
後來
我突然聽見你答應了。
你仰起頭，拿出極大的信義吃飯。
從始至終你都望著我
因為那是我說的。

我看見了血脈的權威。

你高高地走在我前面。
你說要快

我迎著北方的風變成了跑。
那時候
全因為是你說的。
我是怎麼樣追趕步伐奇大的你
一點也不回頭的你。
我們走進不好理解的世界。

現在，我願意代替你
吃下整座冒著熱氣的山坡。
讓我身上生長出
你喜歡的每一種年紀輕輕的菜。
可是，你已經不喜歡了。

你在我之後
成為孩子。
你笑著吃掉了沒有味道的蘋果。
難道就因為是我說的。

土地，它不停地為誰而出產？
繁殖像土壤一樣發暗。
果菜們從哪裏得到了興致

它們早沒了活著的資格。

我不怕任何人的責難

這話是我說的！

把火留在身上

你走了以後，天開始變黑
是火苗長久地留在了我的身上。
火焰，飛起飛落
我卻從來不能點燃
自己最薄的衣裳。
爸爸，我知道這火焰寒冷的用意。
它想從裏面
單獨燃燒一個人。
現在，你離我萬里。
我用皮鞭抽打著光芒
也不能追上你。
頭髮裏流著秋天的枯水
我的身體裏裝滿了牛黃。
全中國的牧場們開滿了乾旱之花
我開始喜歡
這散發出苦味的火
爸爸，你不用回來疼愛我。
不要把這火苗從我身上拿走。
我喜歡在火裏看書
看見你隨手劃亮
一根幽默的火柴。

你發出最細小的聲音
我都隨時會沉下手去傾聽。
火在神秘時蔓延。

不斷地喝水寫字
用我自己的方法日夜養著
這溫度。

你給了我的
我就會千方百計地留住它。
有一天，我會在夜裏燒到透明
藏在沒人睜開眼睛的黑裏面
跟著你出門。
像你用車推著棉花球兒一樣的我
在秋天的節日裏去看
由火變化成的美麗煙花。

爸爸，我要把這火留在身上。

我不再害怕任何事情了

我背對著太陽而去。
在我飛著離開以後
最後的光把你均勻地推走。
我們同一天離開病區
一個向南，一個向西。

有一隻手在眼前不斷重複
白色的雲彩慢慢鋪展
天空從上邊取走了你。

我曾經日夜守在你的床邊
以為在棉花下面微弱起伏的
才是我的爸爸。
走到大樓外面去傷心
我不願意看見
你連那一層薄棉花也不能承受。

我是詩人嗎
我的想像力節節失敗。
你正是大氣流走之中的雲彩
河從深谷裏

逆行著上了山
山的尖頂開始模糊飄舞。

我的心裏滿著。
沒有人能到我這兒
鋪開一張空床單
從今天開始
我已經不怕天下所有的好事情

最不可怕的是壞事情
爸爸，你在最高
最乾淨的地方看著

爸爸，我試到了日落的速度
正是你給我講解
柳樹上落下兩隻黃鸝的速度
我試出了我的前面還有多麼遠

我這朵棉花
有時候飛著，有時候靜止
在一片草地，看見秋風平和

你捲著一本舊書
在並不遠的地方坐下來了

我鼓勵一九九六年的秋天
強勁地分割十字路口
再沒有人能走近去侵擾你

第十一輯

十枝水蓮

2002-2003

不平靜的日子

猜不出它為什麼對水發笑。

站在液體裏睡覺的水蓮。
跑出夢境窺視人間的水蓮。
興奮把玻璃瓶漲得發紫的水蓮。
是誰的幸運
這十枝花沒被帶去醫學院
內科病房空空蕩蕩。

沒理由跟過來的水蓮
只為我一個人
發出陳年繡線的暗香。
什麼該和什麼縫在一起？

三月的風們脫去厚皮袍
剛翻過太行山
從蒙古射過來的箭就連連落地。
河邊的冬麥又飄又遠。

不是個平靜的日子
軍隊正從晚報上開拔

直升機為我裹起十枝鮮花。

水呀水都等在哪兒

士兵踩爛雪白的山谷。

水蓮花粉顫顫

孩子要隨著大人回家。

花想要的自由

誰是圍困者
十個少年在玻璃裏坐牢。

我看見植物的苦苦掙扎
從莖到花的努力
一出水就不再是它了
我的屋子裏將滿是奇異的飛禽。

太陽只會坐在高高的梯子上。
我總能看見四分五裂
最柔軟的意志也要離家出走。
可是，水不肯流
玻璃不甘心被草撞破
誰會想到解救瓶中生物。
它們都做了花了
還想要什麼樣子的自由？

是我放下它們
十張臉全面對牆壁
我沒想到我也能製造困境。
頑強地對白粉牆說話的水蓮

光拉出的線都被感動
洞穿了多少想像中沒有的窗口。

我要做一回解放者
我要滿足它們
讓青桃乍開的臉全去眺望啊。

水銀之母

灑在花上的水
比水自己更光滑。
誰也得不到的珍寶散落在地。
亮晶晶的活物滾動。
意外中我發現了水銀之母。

光和它的陰影
支撐起不再穩定的屋頂。
我每一次起身
都要穿過水的許多層明暗。
被水銀奪了命的人們
從記憶緊閉室裏追出來。

我沒有能力解釋。
走遍河堤之東
沒見過歌手日夜唱頌著的美人
河水不忍向傷心處流
心裏卻變得這麼沉這麼滿。

今天無辜的只有水蓮
翡翠落過頭頂又淋濕了地。
陰影露出了難看的臉。

壞事情從來不是單獨幹的。
惡從善的家裏來。
水從花的性命裏來。
毒藥從三餐的白米白鹽裏來。

是我出門買花
從此私藏了水銀透明的母親
每天每天做著有多種價值的事情。

誰像傻子一樣唱歌

今天熱鬧了
烏鴉學校放出了喜鵲的孩子。
就在這個日光微弱的下午
紫花把黃蕊吐出來。

誰升到流水之上
響聲重疊像雲彩的臺階。
鳥們不知覺地張開毛刺刺的嘴。

不著急的只有窗口的水蓮
有些人早習慣了沉默
張口而四下無聲。

以渺小去打動大。
有人在呼喊
風急於圈定一塊私家飛地
它忍不住胡言亂語。
一座城裏有數不盡的人在唱
唇膏油亮亮的地方。

天下太斑斕了
作坊裏堆滿不真實的花瓣。

我和我以外
植物一心把根盤緊
現在安靜比什麼都重要。

我喜歡不鮮豔

種花人走出他的田地
日日夜夜
他向載重汽車的後櫃廂獻花。
路途越遠得到的越多
汽車只知道跑不知道光榮。
光榮已經沒了。

農民一年四季
天天美化他沒去過的城市
親近他沒見過的人。

插金戴銀描眼畫眉的街市
落花隨著流水
男人牽著女人。
沒有一間鮮花分配辦公室
英雄已經沒了。

這種時候憑一個我能做什麼？
我就是個不存在。

水啊水

那張光滑的臉

我去水上取十枝暗紫的水蓮

不存在的手裏拿著不鮮豔。

水蓮為什麼來到人間

許多完美的東西生在水裏。
人因為不滿意
才去欣賞銀龍魚和珊瑚。

我帶著水蓮回家
看它日夜開闔像一個勤勞的人。
天光將滅
它就要閉上紫色的眼睛
這將是我最後見到的顏色。
我早說過
時間不會再多了。

現在它們默默守在窗口
它生得太好了
晚上終於找到了秉燭人
夜深得見了底
我們的缺點一點點顯現出來。

花不覺得生命太短
人卻活得太長了
耐心已經磨得又輕又碎又飄。

水動而花開
誰都知道我們總是犯錯誤。

怎麼樣沉得住氣
學習植物簡單地活著。
所以水蓮在早晨的微光裏開了
像導師又像書僮
像不絕的水又像短促的花。

第十二輯

在重慶醉酒

2001-2002

1

店家抱著透明。
這個玻璃的採桑人啊
忽大忽小
讓我看見了酒的好幾顆心。

今天所有的趕路人都醉倒重慶
只有我總在上樓。
滿眼桑林晃得多麼好
雨是不是晃停了？
閃閃發光
從玻璃瓶到玻璃杯
我上路比神仙駕雲還快。

每件事都活起來
都引人發笑。
重慶坐到第二十五層。
我發現大幅度的走
天空原來藏在重慶之上！

笑從哪些環節裏出來。
我就是最邊緣
二十五層正好深不可測。

朝天門這盒袖珍火柴
挑擔子的火柴頭兒們全給我跳動。
火種不斷鑽出水。

是什麼配製了笑酒。
我一笑
這城市立刻擦出了光。

2

今天一張開手又是大方。
長江把滿江的船一下漆遍。
滿江的鉛水
化了妝的人將走不了多遠。

緊張啊緊張
把我送到今天的路全都崩斷了。

我現在的責任
只剩了穩住朝天的門。

鬼怪精靈都藏在水裏
可是我卻喝出滾滾的一根火。
有火又有水
這種時候向前還是後退
心裏輕飄飄閃進一對仇人
我的心成了三岔口。

這座城把不整齊的牙齒合緊了
上上下下都是不平。
打赤腳的先落進仙境。
人越搖晃越精準
所以重慶的血嘩嘩流在體外
血管裏跑著黃色羚羊。
所以我被送到了這麼高。

樓房排出反光的高腳杯
什麼花樣兒圍著我喬裝打扮
我好像就是光明。

3

梔子花跑出賣花人的簑衣。
轉彎的路口都香了。
我沒招手花就悠悠地上樓。

隨處插遍梔子的花
連作惡的人
也趕緊披上了僧人的素衣。
潔白趁著酒興進城。

我止不住想笑
好事情也有止不住的時候。

被我喝掉的水
正離開我忙著四處開放。
為什麼事事獻媚於我
人人爭著到玻璃杯裏享受這一夜？

舊棉桃的空殼又爆出新棉花
理智的中心正在變軟。

我喝了我能拿到的一切
這世界不能因此而空
松樹柏樹你們要用力去開花。
我害怕越笑越輕
無論來點什麼
快滿起來。

4

止也止不住。
酒帶著人搖身一變
這個我陌生得讓我吃驚。

光腳的甘地反覆試探恆河
醉酒人早已經獨自翻過喜瑪拉雅。
過了雪山又將是哪兒。

慈祥又美妙的錯覺海嘯一樣
比地火還要低。
我誤入另一個水的世界
太陽落下去

光卻自下而上透過來。
嘉陵揚子兩條糊裏糊塗的水
合流在二十五層上。

我看見盛滿玩具的抽屜之城
難道屬於我的孩子正在重慶？
為什麼我所看見的一切
都如同己出。
黑瓦頂和街心花園
我忍不住想俯身
帶你們去碎玻璃裏踩水。

從來沒有的奇異
人會跟著液體層層向上。
古人舉酒總想澆點什麼
而我卻守著兩條江
臨水發笑
心裏猛然坐滿菩薩。

5

誰藏在笑的後面
誰導演了這齣人和酒的雙簧。

水不退火也不退
朝天門同時又是朝地的門
現在的我
頑強地想覆蓋過去的我。
酒跳到糊塗裏起舞
第二十五層忽高忽低。

這片輕飄飄的陌生靈魂。
為什麼我要拖著你
再沉重艱辛我也要回去。

街燈比電還亮
滿街的燈燃燒的是街燈自己。
重慶躲在深處掩面而笑
這個時候我該在哪兒？

向前還是向後
酒再深也要回到淺。
閃閃發光的東西讓人走了眼
天堂裏總在祕密加建地獄
我在哪條飄浮如斷絲的街頭買醉？

水融了玻璃
人不情願地醉酒。

6

可是飛著多好
涓流一遍遍暗示著某個方向。

可是薄如梔子花瓣的門忽開忽闔。
航道裏擠滿苦苦等我的客船
我被酒接走
正像一條江被海洋接走。
我一笑
水位就自然高升一截。

可是我碰到了真實的梔子花
我的手冰涼地白了。
我要貼近去看清這個重慶
它不過在一片美妙的霧氣間
為我擺佈下
古今飄蕩的酒肆
能看見的只有海市蜃樓。

再找那只靠緊住重慶的酒瓶
枸杞紅棗裏
盤坐一條灰黃花紋的老蛇。
我和它們誰是真實？
金子早早都被放生
我已經不想拿到添酒的錢了。

可是重慶照樣金銀閃爍。
我看得太清了
落進酒的透明裏
我原來是一個好人。
朝天而造的門也是座好門。

第十三輯

太陽真好

2003冬-2004冬

1

太陽出來讓人暖和
太陽出來，讓我們從近看到了遠。

一直一直，我都沒發現明亮
一直一直，我都比花崗石貧寒的背面還要愚鈍。
勻稱又有著恩德的這個冬天
我總是忍不住說太陽好
好像過去它並沒有發光發熱
好像在今天以前，所有的天空都是空著的。

楊桃和木瓜
懸在植物盡頭那些黃熟了的果實們
木薯和土豆
穩穩地睡在泥土表層。
馬糞和灰燼都笑了，氣息一縷一縷
貧寒的人也得到了柔軟如皮膚的金衣裳。
還有哭著的，光芒正要去掩住傷心的窟窿。

太陽真好
金屬流出滴滴響聲。

這世界正起身，晾曬一條多皺的皮氈
我們全是它身上越來越亮的絨毛。
六根羽翅來到鳥的背上，它終於學會了飛翔。
紅顏色來到綠顏色上，樹想到結種子。
疲倦的人都被安頓在木床。
我全都看得很清楚。

原來做什麼都是多餘的。
我要把這最大的祕密
透露給母親和兒子
可是，他們遠在寒冷的北方。
不知道那兒的太陽是不是我說的這一個。

2

早晨，有人走出地鐵站，有人升上礦井。
這些忽然亮起來的物件
在太陽的光明裏一點感覺都沒有。
照耀是母親式的
永遠的不聲張。

從裏到外，全是金的
但是，沒有人敢挪動它，沒人敢獨佔它
貪婪的門兒都沒有。

下午，冬天就在街口頒發金像獎。
每一個出門的人都得到了
每一個都不覺得這是獎勵。
滿世界走動著小金人
滿街排開了金店。
沒錢的人就是有錢的人。

水是水晶，水晶是眼睛
眼睛是果凍，果凍是瑪瑙
瑪瑙是玻璃，玻璃是冰。
太陽把它們一件一件擺放得很穩妥
沒有什麼浮起來
沒有誰落不下腳。

所以，才有這麼亮，這麼滿，這麼真實。
剪羊毛的人身後跟著一百件白毛衣
站到葉子落盡的橡樹下。
全是我們應當得到的。

3

盲人用骯髒的雙手撫摸今天的空氣
他的手越摸越乾淨。
黃藤的椅子因為出汗而默默改變底色。
扶正了太陽送過來的護心鏡
我停在晃眼的時間庭院中心。

很久很久，只剩下太陽
只有它獨自一人還願意對我們好。
一直不放棄
一直像峭壁抓緊了最後的荊刺草。

享受了這麼好的太陽的人
一定犯過錯誤。
是錯得太多
不容易一一回憶起來。

而錯誤更多更重的人還在鑽井取火
他們在黑暗的核心裏挖掘。
這些鑽探隊裏的西西弗斯，不說他們了。

另有一個我，一直卡在陰影裏。
像沒發現過錯一樣
就在今天以前，我都沒發現這世界上還存留著好
我不相信金子的成色始終沒變。
我總在懷疑正確
而正確必然不知不覺。

脫掉厚重灰暗的冬裝。
我知道，對待別人要像對待自己
雖然穿起了雪白襯衫的我做得不夠
雖然時間不多了，我得把今後全部用來悔悟。
我要日夜預想，從今天以後我該對誰好
在這個冬天，人人有了光芒，有了內疚之心。

金器和屍體一起，越來越沉
而我已經把收割過後的頹敗的玉米田全部走遍。
我正在讓我兩手空空
像陽光把一切收拾乾淨。
不用著急，沒人能把整個冬天的太陽一下子捲走。
鴿子是自由，不能把自由私藏在屋頂。

巨人也只能享受一平方的光芒。
一切早都安頓好了。

向北的山脈都在思想
白雪的頭頂完好如昨天。
越堅韌柔弱的越明亮
水漫過卵石，淺草灘照亮長明燈
這個下午，還有哪個人不滿足。

4

年輕的那些時段
我從來沒注意過樹
當然也不注意太陽，那架高懸的照明工具
我是一個忙人，無數次橫穿針葉茂密的寒冷地帶。

現在，黃昏來了，就像我來了
待在黃昏，就像待在自己的身體裏。
從來沒這麼鬆散
沒這樣漫漫無目標。

學堂終於敞開了四扇門
拿掃帚的人把最後一點光亮撩起來。
400年的榕樹上騎了九個小學生
他們不知道400是多少
不知道一個人活不過一棵樹。
向著高處追趕的九個孩子
樹冠懸懸的像喝多了紅糯米酒的老獼猴。

這個時候，太陽在鬆手
它在半沉的霧裏臥下
太陽也要走了，那個不斷調暗膚色的偉大動物。
誦經的按住了嘴，人隱進了寺廟。
軟的力量，悲傷的力量
不出聲，止不住流眼淚的力量
剝離乾淨的力量。
散落在地板上的紙一層一層看不清了。
今天以前被擦得驚人的乾淨。

光芒在褪掉，它從每一個人身上離開
隨後，全都消失了

最好的眼睛也將看不見一切。
我是排在最前面的那個冷酷終結者。

光完全入了劍鞘。
留下來的只是黑暗中的我們
是它燃燒成焦炭的馬車一直一直把人送到了這一刻。

我將看著我死去，用夸父最後看見落日的眼神。
不去想光芒穿過我們身體以後的事情
只要能安頓得很深很暖和
那幾乎是最深最暖的了，我終於翻到了謎底。

沒有溫度的球形臺燈
照見滑落的印有鳳凰的空袍子
最後是那五彩的緞子說話，它說，太陽真好。

跋

這是一本將近三十年的詩選本。漫長的時間裏，從寫到讀，使用的都是簡寫的漢字。在2012年12月12日把它們編選完的時候，想到這些字將會用繁體的漢字排列出來，想知道那看起來是什麼不一樣的感受。

我們使用著象形文字，用這些曾經是圖形的方塊記錄著波動不止內心。這些字曾經害我們，又曾經救我們。

寫詩很久了，希望對這個世界繼續有初來乍到的那些觸角和感受，不然，寫這些字做什麼呢？

2012年12月12日，海南島

語言文學類　PG1023　中國當代詩典　第一輯 03

致另一個世界
——王小妮詩選

作　　者 / 王小妮
主　　編 / 楊小濱
責任編輯 / 劉　璞
圖文排版 / 陳姿廷
封面設計 / 陳佩蓉

發 行 人 / 宋政坤
法律顧問 / 毛國樑　律師
出版發行 / 秀威資訊科技股份有限公司
114台北市內湖區瑞光路76巷65號1樓
電話：+886-2-2796-3638　傳真：+886-2-2796-1377
http://www.showwe.com.tw
劃撥帳號 / 19563868　戶名：秀威資訊科技股份有限公司
讀者服務信箱：service@showwe.com.tw
展售門市 / 國家書店（松江門市）
104台北市中山區松江路209號1樓
電話：+886-2-2518-0207　傳真：+886-2-2518-0778
網路訂購 / 秀威網路書店：http://www.bodbooks.com.tw
國家網路書店：http://www.govbooks.com.tw

2013年9月　BOD一版
定價：320元
ISBN　978-986-326-165-0
ISBN　978-986-326-178-0（全套：平裝）

國家圖書館出版品預行編目

致另一個世界 : 王小妮詩選 / 王小妮著. -- 一版. -- 臺北市 : 秀威資訊科技, 2013. 09
面； 公分. -- (中國當代詩典. 第一輯 ; 3)
BOD版
ISBN 978-986-326-165-0 (平裝)

851.486 102015884

讀者回函卡

感謝您購買本書，為提升服務品質，請填妥以下資料，將讀者回函卡直接寄回或傳真本公司，收到您的寶貴意見後，我們會收藏記錄及檢討，謝謝！
如您需要了解本公司最新出版書目、購書優惠或企劃活動，歡迎您上網查詢或下載相關資料：http:// www.showwe.com.tw

您購買的書名：________________________________

出生日期：________年________月________日

學歷：□高中（含）以下　□大專　□研究所（含）以上

職業：□製造業　□金融業　□資訊業　□軍警　□傳播業　□自由業
　　　□服務業　□公務員　□教職　□學生　□家管　□其它_____

購書地點：□網路書店　□實體書店　□書展　□郵購　□贈閱　□其他

您從何得知本書的消息？
　□網路書店　□實體書店　□網路搜尋　□電子報　□書訊　□雜誌
　□傳播媒體　□親友推薦　□網站推薦　□部落格　□其他__________

您對本書的評價：（請填代號　1.非常滿意　2.滿意　3.尚可　4.再改進）
　封面設計____　版面編排____　內容____　文／譯筆____　價格____

讀完書後您覺得：
　□很有收穫　□有收穫　□收穫不多　□沒收穫

對我們的建議：________________________________

____

____

____

請貼
郵票

11466
台北市內湖區瑞光路 76 巷 65 號 1 樓
秀威資訊科技股份有限公司 收
BOD 數位出版事業部

（請沿線對折寄回，謝謝！）

姓　　名：＿＿＿＿＿＿＿＿ 年齡：＿＿＿＿ 性別：□女　□男

郵遞區號：□□□□□

地　　址：＿＿＿＿＿＿＿＿＿＿＿＿＿＿＿＿

聯絡電話：(日) ＿＿＿＿＿＿＿＿＿＿ (夜) ＿＿＿＿＿＿＿＿＿＿

E-mail：＿＿＿＿＿＿＿＿＿＿＿＿＿＿＿＿